目錄

破果 004
關於《破果》——木馬文化與作家具竝模的跨海問答 252

破果

週五晚上的電車通常都是如此，人們有如超越貼合度的軟體動物，用吸盤相互吸附。素不相識的身體之間即便只有一張紙的空隙，也夠讓人謝天謝地了。每當有人開口說話或吐氣，肉的腥羶、大蒜、酒臭夾雜的味道也同時朝頭頂升起，讓人忍不住憋氣強忍。但是，那氣味也是昭告著五日的勞動已然結束，現下是可以安心的時間。至於明年或是下個月、甚至下星期的此刻，是否也能安然搭上電車的各種不確定性，此刻暫時都先收起。

到了下一站，車門打開，一群勞動者傾瀉而出。他們的臉上堆滿高度疲憊和苦悶，心裡充滿渴望，只想以最快的速度回到家，將有如滲透的衛生紙的身體往床上一拋。

這時，她走進來了。

象牙白的毛呢帽蓋住銀灰色的頭髮，身著碎花圖案襯衫，外罩簡樸的亞麻外套，下身是黑色直筒褲。這個女人手上掛著中型的短柄駝色波士頓包，實際年齡六十五歲，臉上皺紋的數量和深度卻使她看起來好似將近八十，身型姿態和衣著打扮並未讓人留下特別的印象。在電車上無數的老年人中，會使眾人在一瞬間將視線投向某一人的理由，通常是因為那人抱著一堆收集來的舊報紙，從列車最後一節車廂來來回回打量架上有無遺留的廢紙，不時碰撞站著的乘客的肩膀。又或是那種穿著紫色點點印花老爺褲和橡膠鞋，一進車廂就把散發新榨芝麻油和生薑味的大包袱放在地上，大剌剌妨礙通行，還理所當然就地蹲坐，「哎喲！哎喲！」呻吟，一副馬上就要昏厥的模樣——直到有人不得不站起來讓座。還有一種類型相反的老婦人。她們留著有別於一般年長女性常見的短髮，擁有一頭長及腰的直髮，也不戴帽子，皮膚光滑白亮，用過白的粉底不熟練地遮蓋綻放在臉上的老人斑，顫抖的手用力過度畫出的眼線有如波濤。更雪上加霜的是，如果嘴唇還塗了大紅唇膏或穿著粉嫩色調的小洋裝，就更引人側目。也許，直到她下車前眾人的視線都會聚集在她身上。如果說前者單是存在就讓他人感到不快，那麼，後者就是因為與現實的不協調而讓眾人困惑。不管哪一種，其共同點都是不會讓人想深入了解。

由此看來，她像是人們眼中有風度、有教養、值得尊敬的典型年長者。不會一上車就一手扶著直不起的腰、一手抓住門邊的扶把呻吟，而是直接走向已座無虛席的博愛座。她不會主動挑剔最近年輕人的態度，就像一般的中產階級老人，無過之也無不及的衣著打扮：從頭到腳雖非名牌，但也不顯破舊。多半是在東大門市場或自家附近量販賣場購入，不然就是在百貨公司頂樓特賣會場撈到還可以搭配的單品。這樣端莊的裝扮才不會給年輕人帶來視覺上的困擾。她也不會全身成套的登山裝加各種運動裝備，滿臉通紅、目中無人地放聲高歌。無論在什麼場合，她都能自然融入其中，像是原本就在那個場景的某第二十名臨時演員。她對於照顧孫子孫女的晚年勞動並無倦意。她讓子女成家立業，身體力行勤勞與節儉，渾身散發著以養老年金度過游刃有餘的晚年之氛圍。車上人人戴著耳機，各自注視自己手機的螢幕，在洶湧的人流中蜷縮著身體。他們很快就會忘了彼此之間曾有個老人出現，就像沒分類的廢紙一樣，很快從意識中去除——又或者打從一開始就未曾意識到那個人存在。

到了下一站，一個拄著枴杖的老人站起身，彷彿要把五臟六腑吐出來那樣邊咳痰邊下車。她馬上坐進空位，拉下帽簷，從包包拿出人造皮革裝訂、附拉鏈的聖經。她把聖經放在膝蓋上，攤開，用放大鏡一個字、一個字的讀。這種老人的姿態在電車內已是司空見慣，並非異類，也不新鮮，只要別猛地抓住陌生人的胳膊，灌輸什麼不信耶穌者會下地獄的話，那就好。老年人往往會在聽到接連不斷發生的不幸噩耗後開始依附神，在車上讀聖經或佛經是習以為常的景象。不過，若拿出論語或孟子之類的書，感覺就是想展現高尚的知性，或帶給他人與眾不同的衝擊。若一個老婦人手上的書寫了「柏拉圖」或《資本論》，甚至黑格爾、康德、斯皮諾莎之類的書名，想必更會招致人們的驚訝與懷疑：妳真的看得懂嗎？

所以，舉手投足既不特別，也不惹人反感，正符合眾人心目中的標準值——但與實際平均值無關——不吸引任何人注意的她低著頭，彷彿快碰到膝蓋，像要把放大鏡內擴大的字挖出來似的讀著。突然間，她的視線越過眼鏡，注視著對角線的位置。

那是一個五十多歲的男子，背影看起來似乎在打盹。頭髮猶如錯過染色時機一樣變得半白，他穿著褐色皮外套和黑色西裝褲，手腕掛著一個有提繩的手拿包，裡面似乎裝了各種資料和紙幣，塞得鼓鼓的，黑色Ferragamo皮鞋上的磨損和刮痕十分顯眼。他抓著把手，身體隨列車晃動，而她則目不轉睛地看著他。

站著打盹的男子肩膀突然抖了一下，或許是為了掩飾從睡夢中醒來的尷尬，他竟用手指戳了戳坐在面前椅子上一名女子的額頭。女子眼睛瞪得大大的，抬頭瞥了他一眼，皺皺眉頭，隨即又低頭滑手機。於是男子更用力地戳起女子的額頭，連續不斷地戳。周圍的人起先以為女子是男子的女兒或妻子，但女子接下來的反應讓大家發現：原來這兩人不認識。

「大叔，您這是在做什麼？」女子一字一句清清楚楚地問。

男子則語帶嘲諷的說：「大叔？妳這丫頭眼睛到底有沒有睜開？妳這樣對嗎？在老人家面前還給我裝作沒看到、低頭滑手機。」

周圍頓時起了騷動，年輕女子壓低了聲音說：「老爺爺，不好意思，我懷孕了。」聽到這話，周圍的乘客和讀著聖經的老婦人不約而同、反射動作般將目光射向那女子的腹部，但實在看不出那件娃娃裝上衣裡的肚子是不是真的凸了出來，只能說，從臉部和整個身形來看的確是浮腫的。

男人乾咳了一下，提高音量，「最近的年輕人連結婚這種事都自動放棄，也不生孩子，懶得履行義務，只有在想要舒舒服服的時候才會說懷孕。不管是桶仔雞還是豬腳，有什麼就吃什麼，胸部和肚子裡的是肥油還是孩子，我看妳自己都分不清楚吧？講白一點，這世上就妳一個人懷孕嗎？就妳一個人要生孩子？」男子每說一句就戳一下女子的額頭，女子別開頭，想躲避他的手指，但男子沒有停下動作。女子環顧四周，希望有人可以出來幫她，但旁邊坐的中年男子都縮著脖子，低頭假寐。

女子用力揮開男子的手，大聲地說：「為什麼放過其他男人？女人好欺負是嗎？我不是說我懷孕了嗎？」

男子瞄了瞄周圍，沒有一個人出來為女子仗義執言，於是他乾脆豁出去，「都是妳這女人在說鬼話，誰叫妳要講什麼懷孕這種唬爛啊？長輩在講話時就要給我恭恭敬敬地回答。」男子加重手指的力道，年輕女子的後腦杓因而撞到車窗，雖然應該不怎麼痛，但她開始啜泣。

坐在對面粉紅色博愛座上一個五十多歲的婦人站起來，拍了拍男子的肩膀，「老先生，您坐這裡吧。」男子假裝拗不過婦人，嘴裡嘟嘟囔囔，卻過去一屁股坐下，把手拿包抱在胸前閉上了眼。婦人走近滿臉屈辱的年輕女子，輕輕拍著她的肩膀，「小姐……啊不，我說孩子的媽，別哭了，何必為了這種事情哭呢？都是要當媽媽的人了。」說到這裡，婦人刻意把音量壓低，「不是所有老人都那樣，妳也不要太難過了，像那種還不太算老人的大叔只有在需要時才挑……」這時，電車放慢速度，車內廣播著快到下一站，年輕女子拿著皮包，站起來咆哮。

「大家都看到那個人做了什麼，現在才來說不是所有老人都那樣，又有什麼用？」

手拿包男子才剛坐下，應該不可能那麼快就睡著，卻裝作沒聽見似的依舊閉著眼睛。年輕女子不知是正好要在這一站下車，還是為了擺脫剛才的窘境，總之她不管婦人的安慰，自顧自的下車了。列車關上門，那名五十多歲婦人猶豫了一下，坐在年輕孕婦空下的座位。

冷眼旁觀的人們或許會多瞥一眼那個閉上眼睛的手拿包男子，但很快就會忘記剛才的騷動。老婦人也再次垂下眼神，注視著攤放在膝頭的聖經。她的行動和身上的裝扮都不顯眼，這是一切的起點。對剛才的騷亂置身事外，她並沒有罪惡感，就算那個五十幾歲的婦人沒有挺身而出，她也不會站出來，只會默默地看著年輕孕婦狼狽的面容和淚水。

就這樣又經過了五個站，車內響起即將到站及轉乘資訊的廣播，手拿包男子睜開眼，站了起來，老婦人也把聖經闔上，放入皮包內，放大鏡則塞到袖子裡，一同起身。男子站在車門前，而她在男子身後，保持著不會靠得太近但別人也插不進來的距離。

車門打開，有如掀開充滿了壓力的電鍋活塞。車門與月臺閘門的位置有點錯開。這是轉運站常見的狀況，人們互相推著彼此的背下車。雙手拎著大包小包的中年婦女為了爭奪車上可能有的空位，不顧車內的乘客還沒全部下車，立刻本能地扭動身體，爭先恐後想擠進車廂，結果弄得車門口亂成一團。這時男子突然停下腳步，夾著手拿包的那隻手抱著胸一動也不動，下車的乘客或要上車的人都推擠起擋在車門口的男子，他被人們推來推去，最後被推下了車。

喂！搞什麼啊！讓一下！月臺上的人盡可能避開男子，從旁邊經過，但還是有人無可避免地撞到他的肩膀或背。一名身材高大的青年單肩背著大大的運動背包，急急忙忙走向轉乘區間。他側身想閃過男子，運動背包的一角仍「啪！」的一聲撞到男子的頭。「啊！對不起！」青年一邊道歉一邊回頭看著對方，男子卻在瞬間以抱著手拿包的姿勢趴倒在地。背包青年頓時面如死灰，一臉「不是我！」的表情環顧四周。其他人臉上雖然露出些許擔心，也只是瞄一眼就走了，即使有人暫時停下腳步，也並未對青年伸出援手，僅維持一定的距離觀望。他們的目光似乎一致譴責青年的不小心，要他負起責任。青年面對這突如而來的不幸與災難，別無選擇，只好蹲下來敷衍地問道，「大叔，您還好嗎？」並搖晃男子的身體——這下子他才驚覺事態非比尋常。站務人員和替代役男跑過來，將倒在地上的男子翻過身，他發青的臉上是兩顆擴散的瞳孔，瞳孔內宛如幽暗的隧道，倘若走進去，彷彿將見到世界的盡頭。

而因為男子的身體被翻轉成正面，臉部朝上，所以大家還沒發現背後皮夾克上兩道乾淨俐落的刀痕。

她在女廁的最後一間，用大量衛生紙擦去殘留在約兩根手指大的匕首上的毒液，接著把變色的衛生紙丟進馬桶裡沖掉。剩下的殘餘物等回到家，再戴上手術用手套徹底清洗一次。因為那是會滲入血液、短短數秒內使人神經麻痺的氰化鉀液體。因此，她在下手時非常小心。尤其最近她患了手抖症，使用裝備時都必須非常謹慎。她把放大鏡蓋在匕首上，鏡片從兩側受到厠所內的照明和金屬反射，閃閃發光。在那光被門另一頭正在洗手或講電話的女孩發現前，她迅速將之放進包包、緊緊扣上。

從女厠出來後，她走向地鐵出口，轉身與一群男子驚險地擦身而過，差點被撞倒。兩、三個穿著亮橘色上衣的救護員一次跳下四、五級臺階，飛也似的越過驗票口，經過時揚起塵風的氣勢讓外套前襟隨之晃動。

在紛擾的場合結束作業、越過轉角時……

放慢速度，不要貼著牆走，要像畫一個實實在在的圓那樣往外繞行。不然，若和迎面而來的人撞在一起，把身上的東西都摔出來，那該怎麼辦？難不成要告訴別人「證物全都在這兒，請拿走」嗎？

她腦海中馬上浮現說這句話的人，那人的表情宛如昨日一樣清晰。她隨即勾勒出一條盡可能複雜的回家途徑。出去，經過一個街口就有個公車站，在那裡隨便坐一輛公車，離這裡越遠越好，再到其他路線的地鐵站下車。一定要繞遠路，畫出最大的軌跡，繞過如掌紋般展開的道路，只要還在體力允許範圍。她以緩慢的步伐走向出口，向著從上方降臨的燦爛夜色。

파괴

破果

曙光乍現，天空尚且一片灰濛濛之時，爪角穿上灰色運動服準備出門。因主人的動作，無用驚醒，搖著尾巴來到玄關前。爪角摸了摸無用的頭，不經意瞥見狗的飯碗及水碗。昨夜工作回來後累得軟癱，這才想起連飼料和水都忘了放滿。

「等你到我這個年紀就知道，什麼都會忘的。」

乾燥的空氣讓狗碗幾乎全乾，就連散落在碗四周的幾顆飼料上的水分也全部蒸發、變得乾硬。爪角把散落的飼料拾起扔掉，碗拿到水槽擠了洗碗精。她回頭看著無用。

「也是，以狗的年齡來說你也和我差不多了。」

記得最近一次去醫院，獸醫師說牠大概已經十二歲，但爪角卻想不起那次是為什麼去醫院、又接受了什麼治療。那些細項不規律地印在腦海中，很快就蒸發。她也不記得確切是幾年前、在哪裡撿到這傢伙。根據在童話故事或雜誌上的小品文中常看到的流浪狗拾獲公式，那天或許天空正好下著雨，自己正好撐了傘經過，正好看到那小傢伙被裝在紙箱裡淋雨，顯然受了傷，用溼潤的眼睛抬頭看著她，這些記憶模模糊糊。又或許，正好在結束防疫工作回家的路上，即便再習慣於機械般反覆的生活，即便不久前才擒獲某人的生命、並將之粉碎，隨後踏上回家的路，當她與一個活生生的小東西四目相對的瞬間，衝動與善感搔動腦中的杏仁核：如果不把這個小傢伙撿回家說不定會發生後悔莫及之事……這些她都想不起來了。可以確定的是，以自己的性格來看，若要養小動物應該不會透過網路上的寵物社團或動物醫院。不管怎樣，當時仍把這沒什麼用的小東西帶回來，感覺就像做了無用之事。因此，想到了「無用」這個名字。

「你也要一起去嗎？」

她只是隨口問問。無用沒跟著她出去做晨間運動，而是以長久以來一貫懶洋洋的睡意與緩慢的呼吸代替回答。

爪角把無用留在身後，關上鐵門，大概走了一個街口後才突然想到，不曉得自己到底有沒有把洗過的碗重新裝入水和狗糧——說不定裝滿狗糧的碗不是放在地上，而是在冰箱裡。若要回家確認，此時又已離開家一段距離。她有一種不安感，好像熨斗或瓦斯爐打開沒關，或是在浴缸裡放水卻忘了關水龍頭。這種感覺一旦湧上，就非得要再回去看看不可。不過，通常當爪角立刻返家確認，上述的狀況都不會發生。無論何時，電氣和水管都像是強迫症似的關得緊緊。雖然心裡對無用有點抱歉，但只是狗糧而已，而且不過是暫時的。她並不是要離開好幾天去做防疫工作，只是出來運動一、兩個小時就會回去。

她會去的地方大概也只是附近山林公園的湧泉池罷了。隨著時間過去，她可以做的運動越來越少，如今也只剩慢跑。在那個岔路口旁的空地有單槓、踏步器、腳踏車等簡單的公用運動器材，不過那些東西僅能維持訓練基本體能，實質幫助有限。她已經想不起最後一次在健身房使用仰臥推舉機和蝴蝶機訓練是什麼時候了。

當然，只要她願意，無論何時都可以找個健身房加入，成為三個月制會員。骨頭和肌肉目前也還撐得住，操作那些運動器材不會太勉強。在健身房裡並不難看到大汗淋漓運動著的老年人，只是根據地區和所得水準會有些差異。爪角住的社區半徑一公里內有兩間健身房，裡面的健身器材大都年代久遠，種類又少，而且是男女共用。她需要的器材不管何時都被其他男性占著，根本沒有可插足的縫隙。比起運動健身，那兒看起來還更像是社區內的交誼廳。如果往江南方向去，在繁榮的大型住商複合地段有老年人專用的健身中心，要去那裡也不是不行，但在身體完全變得癱軟無力的危機感來臨前，她一點都不想去那種地方。

過往她曾經去過一次，填寫資料時，接待臺職員理所當然把地址前面省略，直接問「請告訴我您住在哪一棟？」聽到這話，爪角心裡有一種莫名受傷的感覺。接待臺職員一知道爪角不是住在這個社區、甚至不是住在附近的人後，態度就有點遲疑了。然而，對方依舊用自以為親切的口氣說：「哎呀，原來如此。伯母您是怎麼知道我們這個健身房的呢？」這意思是通常應該透過熟人介紹，或是在網路上搜尋而來。不過聽在爪角耳裡，就像是說這裡不是妳這種人來的地方……接著職員就如吟詩般念出專為老年人設計、幫助維持和強化老齡肌力的課程內容，還強調這是在其他地方都找不到的特別課程，今天您能來到這裡真是太幸運了……等等的話。但爪角沒讓他說完，只留下一句話就轉身離去。「我不是你的什麼伯母。」

不過，說來說去那都只是藉口，爪角不去健身房另有理由。舉例來說，總是有不認識的男教練走過來，看到她躺著舉起啞鈴的胳膊和腿後嚇一跳，說：「老奶奶，您真的六十幾歲了嗎？雖然也曾看過幾位老爺爺體格不錯，但平常在家裡忙著家務的伯母和奶奶要練成這樣，那可真不簡單啊——一把年紀了做什麼運動，這裡會費好歹也要個幾萬元[1]，不如把那些錢拿去買糖果給孫子吃都還沒那麼可惜——您平常都做哪些運動呢？」都是問些家常便飯的問題。接著過一陣子，在周圍運動的其他婦人也會聚集過來，七嘴八舌地分享自己的婆婆根本不運動，雖然每個禮拜帶著完整的裝備和同好會的其他老人一起去登山，其實只是找個地方坐下來喝酒、唱歌、打牌，花在那些消遣娛樂的時間還更多呢……那些婦人聊沒兩句就

1 本書中所提及之金錢幣值均為韓元。

會開始裝熟，邀約下次一起喝茶什麼的。下個禮拜再去健身房，旁邊跑步機上的年輕女子會遞出名片，自我介紹是某晚間六點播出的電視節目製作人，專門介紹各種奇人異事，邀請爪角上節目展現真正的魔鬼身材。爪角大可以在製作人面前撕掉還剩二十天的健身房會員證做為回答，但她只是默默地從第二天起不去健身房，甚至為了躲避教練的電話，乾脆換了手機號碼。

從事防疫工作的人當中（尤其是年輕人），若透過那種途徑、經由節目包裝展現自己的肌肉，會吸引粉絲或所謂的黑粉蜂擁而來。即使臉上掛著職業性的微笑，多少還是會透露出原本防疫工作一定程度的實力，雖然每個人的情況不同。

她去年在某個有線電視介紹創業成功者的節目中，就發現一個號稱「網購女王」的丈夫曾是防疫者。也許是個性不夠大膽吧，他努力不讓視線停留在取景窗內太久，看鏡頭時也不會露出微笑。但為了刻意避開追逐他動線的攝影機，他故意頻繁移動，這就被爪角看出來了。在全家人齊心協力幫助妻子網購事業的人設底下，拍張合照總不好拒絕吧？於是他只好配合拿著自家產品，豎起大姆指比讚。這間網購業者標榜使用新鮮的食材，做出猶如媽媽親手製成的嬰兒副食品，每日配送。爪角看著螢幕上那個用燕南瓜、切肉、搗豆腐、削紅蘿蔔的手進行防疫工作的男人，與其說感到諷刺，反而有股憐憫湧上心頭。她甚至充滿包容地想：看他又切又削的俐落節奏，說不定做防疫工作時也是那樣。畫面中，他忠實地當個賢外助，呈現成功女人背後「捲門簾男人」[2]的低調姿態。但在畫面外完全是另一個人，與其說是因個人的變裝技巧高超，或本身就有厚顏無恥的大膽本質，其實更需要大規模且細緻的管理能力。亦即要建立好幾條網路，同時又讓彼此沒有交集點。但是，爪角除了看電子郵件和搜尋新聞外幾乎不使用網際網路，遠離那信息化的世界。對她來說，需要高超管理能力的同時也會讓人感到很疲憊，她認為自己沒有必要學會那些額外的事。

也許並不一定是因為上節目，畢竟他出現在螢幕上的時間算起來也不過兩分多鐘，但聽說那位年輕的防疫者今年初已完全脫離業界。在爪角看來，應是網路分離與協調失敗的結果。不知道他現在是否仍和妻子一同製作孩子的副食品？從此接受全家一心、像凝聚成一團的棉花那樣的日常生活，繼續收集世上所有的營養與愛，為孩子們蒸熟日用糧食？

晨曦已然褪去，周圍環境的輪廓逐漸變得清晰。中壯年人的腳步不斷前來，爪角再也無法獨自一人抓著公用運動器材不放，她只好離開去湧泉地。

2 Shutter men。韓國社會現象的一種說法，意指賺錢沒老婆多、沒老婆成功的男人。

破果

回到家一看，無用的飯碗和水碗都盛裝好了，就放在地上。這傢伙應該吃完早餐了，飼料中間凹了下去。無用吐掉口中咬著的布娃娃，跑到爪角身邊，感受主人手的觸感。在確認過這是活人的體溫後，無用隨即走開，專心研究玩具。要說牠不親人，不如說牠一直不習慣去熟悉主人的喜好與生物的溫度。但無用的存在就像一種路標，讓她在工作結束後可以不會忘了回家、不會迷失方向，在街上徘徊。無用不論何時都維持著適當的距離，而這是最基本，也是最佳的生存宣言。

進入公司，按下櫃檯的響鈴，裡面資料室的門打開，海牛睡眼惺忪，強忍著呵欠迎接爪角。會在這個時間過來的防疫者通常沒什麼事，所以海牛也就任由自己以蓬頭亂髮和隨意的穿著見人。

「要是有客戶來怎麼辦？妳也好歹穿件像樣的衣服啊！」

「如果是客戶的話會先打電話來啊，這裡又沒有招牌。」

「昨晚又睡在資料室了？」

「熬了整夜為某人做輔助工作。我看啊，無論如何都該給資料室裡的沙發換個布了——

例如水牛皮。那個被老鼠啃爛的便宜貨睡得我腰都要斷了。」

「妳用自己的薪水買沒人會阻攔。」

爪角把一疊已經完成、不再需要的防疫作業資料交給海牛。

「金社長委託的工作完成了，報告妳自己看著辦。」

「確認過死亡了吧？」

雖然海牛的語氣很平淡，但這類問題最近經常出現，讓爪角聽了有些不悅。

「我知道妳是基於形式上的程序問問。如果報紙上連一條短訊都沒有，就去向跑警局的記者說吧。」

「不好意思，已經說了。不久前為了掩蓋國會議員收賄一事，才策劃推動了大規模的醜聞。」

「反正那些傢伙一直以來都是這麼做，又不關我的事。只是妳的口氣聽起來似乎不相信老人家的辦事能力，我覺得有點不舒服。」

「不是的，我當然知道教母向來乾淨俐落，好歹我這一路也看十多年了。只是……」

「只是什麼？」

「室長……室長現在要求所有程序都要一一確認清楚。」

說來說去還不一樣。雖然海牛含糊帶過，但爪角大概能猜出孫室長的意思。爪角不久前剛過六十五歲生日，這個年紀在一般公司別說是在外跑業務，就連坐在辦公室裡做些瑣碎雜務的內勤，也會公然感受到退休壓力。而防疫這行如果在爆發力、判斷力和體力上無法協調，先不論能不能完成工作，重點是會妨害生命安危。孫室長當然會感到不安。老人家若是行動稍微遲緩，或是出現一點小失誤，對公司可是百害無一益。爪角腦海不禁浮起孫室長隨時抱著去蕪存菁決心的臉孔。

在這種情況下，她也不適合拿年齡來樹立威信，說出「孫室長，我從你父親還是個年紀輕輕的毛頭小組長時就開始工作了——我還幫你換過尿布呢。」在以家族企業型態為主的小規模公司中，這種情況很常見，這也是人之常情。想砍掉那種資歷老到發餿、發臭的人卻不忍心，可是這無異是在拖累公司。然而，被當成米蟲那樣住在陰暗房間裡的老人，對爪角來說也是很傷自尊心的。表面上孫室長對老成員多少有點禮遇，還尊稱她一聲「教母」，事實上只是把她當成守著炕頭、足不出戶的老人。一旦哪天真的出現想炒了她的徵兆，她會二話不說立刻走人。

因為嫌管理麻煩，長期以來，爪角的報酬都是暫存公司，再以月薪方式每個月固定領一筆生活費。這些年來，她所賺的錢假設沒有被私吞，數字著實不小。只要她想退休，大可向公司要求一次把剩餘的錢全付給她。考量到市場行情，或許還達不到可買棟公寓出租、靠收租過日的程度，但至少能在住宅區開一間賣烤雞的小啤酒屋。只要不盲目擴張事業，或成為仕紳化[3]的犧牲品，甚或捲入別人的騙局，導致店鋪被迫頂讓，要安穩地度過餘生應該不會有問題。既不是介入別人的事業體爭奪經營權，也沒有需要照顧的家人，爪角只有自己一個，與逐漸老去的無用，生活不至太過吃力。她天性不是那種會傾聽建言的人，也不習慣和別人攀關係，偶爾要回應客人的玩笑話或安慰醉酒者，對她來說都是很生疏的。不過陪客人寒喧喝酒也並非啤酒屋老闆的必要條件，所以應該沒有關係。

不管從事哪一種行業，年過五十後，管理下屬的同時必定也會受到退休的壓力。像在大型物流公司裡左右營運的管理階層，要是一離開公司，通常會看到他們用退休金在公司附近開設餐館，不論實際內情如何，人們都會將之視為第二人生的開始。年輕時追求的自我已經盡可能地去實現，就算未能實現，那就當自我這個東西並不存在。現在這個時代，可以經營店鋪或囤積房產以準備老後生活，實屬萬幸——事實上別說老後，如今可是連二十、三十、四十的世代都很難平安度過的時期，這正是所謂無處可扎根的蕭條時代啊。在這樣總體的困境中，能夠隨時有一份讓自己滿意的勞動津貼，不用看子女臉色拿零用錢，甚至連零用錢都沒得拿、一個人獨自淒涼地在小房間裡度過，已堪稱優雅的晚年了。

---

3 仕紳化（gentrification）又稱中產階層化、貴族化，是都市發展的現象之一，指舊社區原本聚集低收入人士，重建後地價及租金上升，引致較高收入人士遷入，而取代原有低收入者。

所以，儘管有各種方法可以放下緊繃的神經，讓身體陷進安樂椅，她還是一路堅持從事防疫工作。因為如果離開，自己依附的一切好像全都會消失，不僅感到不安和空虛，歷來退隱的防疫者中晚景良好的例子並不多。老資歷的防疫者會退出業界，多半因為在現場身亡。但也有人隱退後去開餐館或洗衣店，甚至進入廟裡修行。然而妨礙到生活安居的就是防疫這個工作的特殊性。雖然與病理上的習慣成癮不同，但防疫者往往無法自主擺脫這份差事，不得已地繼續做下去。這一點倒是與吸毒或是賭博很類似。四十五年來以殺人為業、一路走來的人，現在要他烤雞給別人吃或洗別人穿過的夾克、洋裝過日子，就像老人硬裝可愛一樣，根本無法想像。爪角認為，並非在防疫現場死亡，而是半自願、半被迫的隱退並度過餘生的防疫者，比起在任何公司工作的人更需要強烈地否定、刪除自己的過去。

持續的喪失與消磨，不管是十年還是四十五年都沒有差別，人生將不斷被抹除，然而就像擦過的黑板仍會留下粉筆痕跡，這事實並不會改變。即使現在臉皮厚了些，也不強求長壽，偶爾還是會想：不管是死於非命或客死異鄉，只要能在適當的時機離開人世，那就好了。但是，即使真的以那樣豪氣萬千的姿態出現在孫室長面前，爪角不知怎麼就是開不了口，只能轉過身去。

這不是多有魅力的事，也不會有什麼「因為必須有人做所以我當仁不讓」這種藉口。如果說是為了實現個人的正義，才更讓人哭笑不得吧。但是話說回來，把收拾老鼠或蟲子獲取的代價累積起來，等到將來有一天無法抓老鼠或蟲子時，還可以用那些錢過活，也不算壞事。

她也曾一度在腦海中刻畫過這樣的平凡景象——她與說這話的人一起吃飯、偶爾還有雪霰飄落在頭上。因為怕被對方笑而不敢開口說出這樣樸實的光景，實則是永遠無法期待的日子。

「我來了。」

後門傳來鬥牛的聲音，打斷了爪角的思緒。

「喔，老奶奶。」

其實在門打開前，爪角就聞到一股Fougrer薰苔調的香水味，隨之襲來的不快感早讓她預測到他的出現。爪角在海牛拿出的資料上簽名，接過裝有下一件工作的厚資料袋，塞進包包後轉身。

鬥牛突然抓住她的手臂。

「要去哪兒?老奶奶，好久不見了，不多待一會兒再走嗎?」

那傢伙邊說邊用另一隻手撓著一頭亂髮。鬥牛只要一見面就會出言挑釁，老愛頂撞人。他比海牛年輕一點，大概三十出頭，據聞非常能夠掌握客戶的需求，是孫室長很看重的防疫者。不過……身為防疫者還噴香水，這傢伙是不是腦袋有問題？一些人說什麼那是天生有體香，在防疫現場反而要用除臭劑中和味道，爪角不予置評。她不是不知道，有些能力還不錯的年輕傢伙喜歡在現場留下代表自己的痕跡，就像小狗喜歡在電線桿上撒尿一樣。那些解釋只不過是多此一舉。爪角不知道他是得意忘形、想耀武揚威或怎樣，但他的辯解也只是放狗屁。

他乍看說話語氣天真、個性不羈，凡事覺得索然無味——還有點無賴。化名聽起來有點愚蠢，就連眼前的穿著打扮都讓人聯想到因事業失敗失去房子、衣櫃和餐桌都被查封，距離腎臟被摘只一步之遙的酒精中毒者。但是事實正好相反。要是仔細看，你會發現他長得眉清目秀，並不因害怕身體機能下降就不菸不酒。因為常與年長的人往來，他隨時都能換上名牌西裝現身。迅速、準確且周密，諸如此類屬於防疫者的基本條件不說，還很有服務精神。有的防疫者認為，不管用什麼方式，只要完成工作就可以，但鬥牛會在過程中連一點細微之處都不放過，顧及客戶的需要。通常若沒有其他要求事項，目標物在韓國境內，從找出來到清除大概只需兩天一夜就可完成。但他會像靜置於角落水碗的毛巾那樣，從小小的徵兆開始滲透，讓目標物的靈魂充分受到不安和焦急浸潤，接著受到從全身的窟窿一點不剩、傾瀉而出的恐怖吞噬。如果接到指示，客戶要求盡可能淒慘——例如把所有手指從指節一節一節折斷，再將二十八個碎骨送給客戶驗收，或先將手腳關節粉碎。那些大多是懷抱深仇大恨的產物，或因心理問題作祟而提出的要求。他會像舞臺劇一樣精心編排演出，最長甚至花上將近三個月的時間，只在目標物周圍打轉。

剛開始是一些小小的意外和疑點，等到目標物因壓迫感和高度恐懼到了呼吸困難的地步，才會發現身邊的一切早已扭曲如同廢墟，在目標物完全發瘋之前，鬥牛則會登場。為了不讓目標物完全瘋狂，他會仔細計算其精神狀態還有多少空隙，一如將螺絲栓緊又轉鬆，微調出更精確的估算值。讓目標物精神錯亂還算是大發慈悲，但這與委託人的要求不同。因此在周圍狀況允許的限度下，他會調整成對自己方便的狀況，以最殘酷的方式慢慢進入防疫作業流程。依照孫室長的說法，他本人似乎非常享受這個過程，卻始終不露出微笑，就像外科醫師一樣從容。平時的他臉上不見興奮、滿足，或如藝術家般的狂妄。他這樣經過刻意整頓的外表，在與交易客戶開會過程中儼然一身擔當要角的姿態。

然而，在鬥牛眾多稀奇古怪的行動中只有一項例外：他拒絕交出防疫經過及現場影片。站在公司的立場，當然也不會把足以成為證據的東西交給客戶。但是鬥牛的出發點並非基於業務機密考量，也不是因為畫面太殘忍，不忍讓客戶觀賞這種常見的顧慮。而是他認為客戶會提出那種要求，就表示對他的工作方式不信任，這是關乎自尊心的問題。

世上多少存在著樣版型（portotype）的能手，但那傢伙不知在想什麼，不時做出戲劇化的誇張表現，讓人不知所措，卻又顯現某種典型的性格。總之，孫室長的結論是：鬥牛雖然

破果

偶爾耍點小賴皮，但大體上來說是個下手乾淨俐落的傢伙。

如果說到他比較矛盾的點，舉例來說，爪角通常不會、也不需要額外確認防疫內容，而鬥牛是特種兵出身，就算將來那些戰略方式會全部銷毀，但除了公司提供的方式之外，他還會自己會收集許多非必要的資料，讀很多不知能用在哪兒或用於什麼目的的書。最特別的是，他和爪角一樣會直接到公司拿取防疫委託。爪角在這行做了很久，早已習慣這種方式，就像偶爾到公司上班一樣。但現在年輕的防疫者幾乎都使用智慧型手機，稍微老派點的就用電子郵件或硬碟存取業務指示事項及相關資料。

三年前開始，她透過海牛聽到許多孫室長對鬥牛的稱讚，但是直接打照面的次數不超過四次。從第一次見面起，鬥牛對爪角的態度就像對自己家的奶奶一樣：死皮賴臉、死纏爛打。例如上次——

「像奶奶這種年輕時玩過刀的人，到這把年紀水準應該與眾不同才是，怎麼在我看來，老奶奶妳的技術就和家庭主婦拿菜刀剁牛頸肉沒兩樣呢？」

對這個差不多是兒子輩的傢伙，爪角剛開始會一笑置之，回說。

「把面子看得比命重要的傢伙才會那樣吧。把家庭主婦拿來和我比，我反而很開心。不管用的是菜刀或生魚片刀，重點是結果。話說回來，你又知道我是怎麼用刀的？」

「上回朴社長的委託不是妳做的嗎？我在附近看到了。奶奶把刀插上去時明明直直插在對方身上，手腕卻老是往外拐，我是不知道妳自己有沒有意識到啦，當然，根據刀子種類的不同也可能會影響，但一般情況下妳那麼做是無法立即致命的，即使想讓對方失血過多，也不該用那種刀法。」

爪角不禁瑟縮了一下。她在行動時居然未查覺到有人靠近——這表示雖然她一向感覺敏銳，但是有人清除蹤跡的技術更為高桿。另一方面，她也不免想稱讚一下那傢伙眼力不錯，在不超過三分鐘的情況下還能看出自己長久以來的習慣。

「……我還想說是哪個傢伙在偷窺，乾脆一起幹掉，原來是你啊。照你說的，雖然有點往外拐會麻煩些，但並沒有錯過要害。話說回來，如果你是無意間經過就算了，我勸你最好不要出現在別人的作業現場，擅自偷窺。」

那一瞬間，鬥牛短暫地露出微笑，意思是，我知道當時妳根本沒發現我就在附近，還想裝啊？

鬥牛回道：「怎麼？妳很介意嗎？如果老奶奶真的追上來，以為我會乖乖就範嗎？」

他反問的表情不帶任何油腔滑調或冷嘲熱諷，怎麼看都像小孩子在大人的外套裡轉來轉去，邊玩邊撒嬌，爪角也不自覺將淺淺的笑容掛在臉上。

「你這麼問我也不敢肯定，不過不打擾同行作業不是基本原則嗎？你只要換個立場想想就會知道。」

「妳也那樣想？但我可不是，就算老奶奶站在旁邊挖鼻孔觀賞，我也會絲毫不會受影響地繼續作業。這種專注力不是做這行最基本的嗎？」

爪角意識到，這個猴崽子是在諷刺、嘲弄一個上了年紀的女人日漸退化的感覺和集中力，她當下判斷沒必要再認為這傢伙可愛了。

「那種玩笑你去別的地方開吧，我太老了，難以承受。」

她苦笑了一下，拿著海牛交給她的資料，想起身離開，鬥牛突然問道：「老奶奶，妳有孩子嗎？」

爪角愣了一下，隨即無視那句話，反而沒來由地訓斥起海牛。

「海牛，你對孫室長說，叫他好好管管他口中了不起的防疫者。這是哪裡來的乳臭未乾小鬼？還對人家身家調查咧。」

「是，我會轉告的。」

海牛邊回答邊低頭看著鬥牛，像個火大的姊姊急著想制止闖禍的弟弟。鬥牛則是讓身體深陷進沙發，露出明朗的笑容，用超過二十五公分的廚刀修著指甲。看到他那個樣子，爪角真想狠揍他一頓。剛才自己居然配合他一搭一唱，她再次為了自己的鬆懈感到憤怒。

「不只那樣，防疫者之間互不往來，這不是基本嗎？難道現在就不一樣了嗎？難不成防疫者工作結束後還要呼朋引伴一起聚餐、交換情報？到底是時代變了還是我太老古板？」

海牛一時不知所措地頻頻揮手。

「呃……不是的，教母，您早點回去休息吧，我再和您聯……」

沒聽完後面的話，爪角已經轉頭走出公司，還重重把門關上。

而這已是兩個月前發生的事了。

此時爪角試圖掩飾驚慌的神色，但鬥牛似乎察覺到她臉部的抽動。

「大清早的風大又冷，連暖暖包也沒帶，這麼早就出來走動，膝蓋一定都沾上了露水，又痠又疼吧。」

爪角之所以慌亂，是因為手臂被抓住的瞬間本想立刻甩掉，卻無法擺脫鬥牛的手。她想努力，可是身體老化的速度超過了她的努力，隨之湧現焦慮，就如同過了收成期枯折盡顯的稻穗。如果在這種情況下不考慮年輕男人和年長女人間理所當然的力量差異，那麼，此時此刻就是防疫者與防疫者間的對決。對爪角來說，就算只是一個微小而轉瞬即逝的場面，她仍輸給了這條鼻涕狗。比起在情緒上對對方的反應，她更失望的是自己的身體狀態不夠好。鬥牛慢慢放鬆力道、放開爪角，但她依然連離開都來不及，只想立刻跌坐在沙發上。

「不考慮把指甲留長嗎？」

這又是什麼瘋言瘋語？她回頭看著。這回，鬥牛順著她手背上突出的青筋劃過，那冷冰冰的觸感讓她一度以為是金屬，可是碰觸她的是他的手指。她的手背包覆著一層薄薄的皮，彷彿抖一下就會有陳舊的灰塵掉落，深且纖細的皺紋層層疊疊，順著血管往下直走到指尖，如常留下一公分長，剪成圓弧狀、乾乾淨淨的指甲，毫無彈性與光澤，勉強維持著有點粉紅的肉色，中間三根手指因為頻繁活動而乾扁。就彩度而言，過沒多久就會變黑。

「真是可惜又令人寒心啊。曾被比喻如指甲般鋒利的女人，要是已經不如以往，乾脆就留個真正的長指甲，在上面塗些有的沒的算了。」

她就連思考「要是留長第一個就先拆了你的臉重組」這種念頭都嫌浪費，根本不想理會他。爪角再次把手收回，鬥牛則露出一臉達成目的的微笑，也順勢放鬆了手勁。

「沒有想過好好打扮一下給誰看嗎？」

真是越來越誇張了。她突然有種心臟快從鼻孔蹦出來的感覺。但鬥牛很可能只是猜測。爪角沒有改變表情，相信自己依舊保持沉著，泰然自若，可是說不定對方不會放過任何眉毛或嘴角的微微抽動。你這傢伙是怎麼知道的？是去挖過我的祖墳嗎？憑什麼這樣胡說八道？她抑制著想抓住他衣領的衝動，一手暗暗摸著夾克內袋裡的巴克折刀（Buck Knife）。這傢伙話裡所指的「誰」是什麼？

她未向任何人透露過一個月前嚴重負傷的事，但也許已被他看出來了。那傢伙表情明朗，就像在說一件原本就存在的事實。

想給誰看？誰呢？海牛是第一次聽到鬥牛講這種話。她輪番看著兩人，鬥牛的表情透著好奇和冷笑，而教母則有點緊張和警戒。海牛感覺到那好像是什麼只有他們才知道的事，雖然好奇，但現在最要緊的是，如果鬥牛還想進一步挑起是非，她就要介入了。她看得出教母的表情在努力強忍著敵意和殺氣，在那些情緒爆發的瞬間，老奶奶絕對不會遲疑，一定會殺了眼前這個所謂的業界新秀。

爪角屏住呼吸，過了一會兒，她放開摸著折刀的手，好像沒什麼大不了似的喃喃自語。

「真不知道……是在說什麼鬼話。」

爪角拉好衣服，強忍著腰間斷續襲來的刺痛起身。雖然十多年前就偶爾會發出嘎吱嘎吱聲，但關鍵在於約一個月前防疫作業出了意外，那次似乎實實在在出了問題，疼痛不時會在伸懶腰時傳送而來。

「你為什麼沒事老愛找教母的麻煩？快進去，你要的資料已經分裝好了。」

破果

海牛用雙手推著鬥牛的背，把他往資料室推，並用眼神示意爪角先離開。

她知道海牛在擔心什麼，防疫者間的私刑決鬥時有所聞，不服從命令的私下清除行為向來受到嚴格禁止。為了遵守那樣的原則，公司在分配任務時，若利害關係有衝突的雙方都前來委託，只會接受一方。另一方的委託只能讓它轉移到其他承包商手中。因為在跟著金錢腳後跟跑的公司內部，絕不可形成不信任的風氣，不管什麼原因，只要有防疫者違反條款、進行私殺的行為曝光，其他防疫者會追蹤、生擒違反者，進行某種處置。所謂的處置便是讓違反者無法在業界繼續工作，並除去防疫所需的一部分身體。通常主要是手或眼睛。因此她剛才撫摸著懷中的刀子，與其說是想砍了那傢伙的脖子，以釋放關在體內的憤怒，不如說是長久以來對自我的暗示與祈禱。

容易在臉上表露出情感的人在這行是做不久的。不管是因為憤怒、因說謊而引發的緊張或後悔，都無所謂，最重要的是必須忍受侮辱。尤其妳是女人，在作業現場受到侮辱時必須毫不在意、置之不理，因為妳還有很多事要做。

說著說著，在她沒有防備的情況下，流不分青紅皂白拿起沉重的玻璃菸灰缸往她臉上扔。她雖然反射性的閃躲，但實在完全沒有預警，玻璃菸灰缸無可避免地擦過她的頭髮、飛到牆上，飛濺的玻璃碎片劃傷了她的臉。

這種時候妳不能避開，反射神經不可能隨時隨地都那麼好，重要的是能夠掌握狀況的能力。如果這是目標物不能抑制自己的憤怒而扔的，那怎麼辦？這時就必須快速意識到：乾脆就讓額頭挨一記吧！如果自信地避開，那麼目標就算是個大傻瓜也會起疑心。最糟糕的狀況，當然就是妳竟然抓住飛過來的東西。

在身體那麼多部位中，為什麼偏偏點出指甲？那小子怎麼會知道這名字的來歷，還一個勁兒的嘲諷？果然，他的目的就是要找老人家的麻煩。她搞不懂那個傢伙為什麼如此費力要挖別人的身世，糾纏不休，對老人家無理取鬧。他自己本身就是個沒營養的對手。難不成孫室長暗中交給這傢伙什麼祕密任務？叫他挑一下老人家的肋骨、刺激一下神經，要老人家識相就自動早點滾之類的。不過因為碰面的頻率低得離譜，所以才沒有效果。

她四十五歲之前，有一段時間在同業之間「指甲」之稱比化名更響亮。「爪角」這個化名是比孫室長的父親還早的第一任室長取的名字。當然，其意義並不只局限於攻擊性。野獸的爪子和角，在獵殺別人之前首先是為了保護自己。對於這個不知何時起給她的名字，她從沒有想過到底合不合適。從一開始做防疫工作到現在，爪角就沒留過長指甲或做過什麼裝飾，所以指甲也沒有理由成為她的標誌。但她下手鋒利周密、沒有破綻，一點也不拖泥帶水，乾淨俐落、妥善收尾，當時對她作業處理能力讚嘆不已的室長，某次在把她介紹給委託人時說了句玩笑話——「為您準備了指甲最長的孩子」，於是有了這個名號。當然，也沒什麼好選擇，因為那個時期公司內做防疫工作的就只有她而已。

指甲修剪得整整齊齊，不塗任何指甲油，是一個人隱藏自己的體積和質量數百種消極方法之一。短而平整，卻不會呈鋸齒狀的指甲，看起來連黏土都傷不了，正好可以隱藏指甲主人內在的攻擊性。

爪角在地鐵站地下街中經過眾多批發成衣商店及美妝店，突然在一間美甲店前停下腳步。頭髮染成黃黃紅紅的美甲師一橫排坐在一起，像祈禱似的捧著客人的手盯著看，年輕女客把兩手放在面前較低的工作檯上，偶爾會不老實地動來動去，但大體來說還是很有耐心，維持著同樣的姿勢。那種模樣讓人想到被刑吏拿刀割手腕的阿拉伯盜賊。在文化中心裡，以美甲藝術為主題的課程很流行，當這類美甲店如雨後春筍一般出現，爪角已經年過五十。看著那些女人不知為何像個戴上手銬的被告一樣，將雙手伸出去交給他人，她覺得驚訝，而且感到誇張。後來她才知道那種地方是在做什麼。那段期間正好是沒有工作的時候，閒著也是閒著，再說她也並非不好奇，只是人都老了，弄成那樣要給誰看？要讓別人指指點點嗎？過不久就會有新的工作進來，到時候還要把指甲卸掉，剪短又很麻煩。而她不知道那只是在自己的指甲上加一層人造指甲，還以為要親自把指甲留長、養好才能做。

要給誰看。

那影像好模糊，像是無法判讀的暗號，在聲音中呈現出一種形態，不知道是從什麼時候開始存在的。她突然在自己體內發現一些痕跡。那是很久以前以為永遠遺失的事物留下的欲望，不禁皺起了眉。什麼指甲，她從來沒有想過要在指甲上塗些什麼。在這種欲望生成並從全身的毛細孔流出之前，她已經習慣先關上門了。而今自己卻被那種沒有意義又沒用、只有唯美的做法吸引。

都是因為那個傢伙帶著嘲弄、用不懷好意、令人生厭的聲音說了那些話。

她走近櫥窗，注視展示的人造指甲，花瓣細緻，有如在為戀愛占卜的少女指尖上搖曳欲墜之姿。淡紫色的鳥彷彿不只要飛出指甲，而是向著蒼穹飛翔那樣生動。這些都呈現在無法分辨形態的抽象花紋上，就如一幅畫。因為隔著窗有點距離，所以有些細節看不清，但那多樣的顏色和花紋就像在她身體處處隱藏著的陳舊裂痕與滄桑。這時，正在為穿著校服的少女護理指甲的美甲店店長抓著少女的手，抬頭注意到外頭那名正漸漸往後退、瞇起眼瞥看櫥窗的老婦人。

「伯母，您要修指甲嗎？這邊坐一下，很快就輪到您了。」

聽到店長這麼說，穿著校服的少女轉頭瞟了爪角一眼，眉頭微微一皺，像是要避開什麼似的，屁股迅速往旁邊挪，彷彿擔心萬一這個老女人坐到旁邊，她身上的「老人味」就會蔓延過來。在地鐵車廂就座時，年輕人十之八九也會有這種反射動作。他們對什麼都感到不滿、覺得不耐。不過爪角是因其他理由而有所遲疑。店長打量全身上下打扮簡樸的老婦人，心想她應該不是想要在指甲上撒點亮片、做點花樣、或黏點珠子的那種美甲吧，所以只問是不是要修指甲。當然，不管面對什麼客人，店長肯定會毫不吝嗇地在一片片指甲上塗營養霜、再用蒸熱的毛巾包覆。只是爪角的指甲本就剪短，也沒有什麼需要修的。讓她心裡介懷的是「我才不是妳的什麼伯母」。爪角遲疑片刻，轉身離開，快步前往地下鐵，從臉側感到展示櫥窗另一端的那些指甲花樣，在照明燈底下就像華麗的圓舞曲那般流洩而出，朝她追來。

파괴

所謂定期檢查，並不是動用什麼最尖端的裝備，把身體每個部位的每個細胞都翻轉、清洗，只是住家所在地的保健所為滿四十歲以上、加入健保者做的籠統檢查，大抵形式不過是問診、胸部X光、抽血等基本檢驗。說實在，這種程度的檢查很難找出什麼重症。若要追加身體內某個特定部位的攝影檢查，或採血檢驗十八種以上的症狀指數，個人負擔費用會劇增。重要的是，還要忍受禁食，或服用為了造影必須的液體等等複雜處置方式。其中最麻煩的就是內視鏡，除去麻醉費用，其餘由國家保險金給付。但人在神智清醒時要嚥下軟管很難，她也無法想像在陌生人面前毫無防備地睡著。

不過爪角還是很勤勞，沒有忘了每年接受健康檢查。如果連這個也跳過，就無法從書面資料上的數據確認自己有沒有糖尿病，血壓是否有驚無險地進入正常範圍，形同自暴自棄讓自己的身體變得懶散。時候到了，防疫者定會欣然接受身體的改變或衰弱，然後在下一次——若是幸運，將會是在下下次工作——失敗。而大多的失敗就是死亡。

她走向接待櫃檯，正要報上姓名，朴護理師先認出她，並用眼神示意。爪角穿過因發燒、腹痛而哭泣的孩子、邊哭邊不停蹬著兩條腿的孩子，以及彷彿明天是世界末日也無所謂、一臉厭世的家長，走向步道最後一間的三號診療室。她刻意避開週末假日前來，但人還是不少，讓人深切感受到現在可真是換季時期。爪角看了掛在診療室門上透明壓克力板內的插卡，確認今日看診醫師的姓名，坐下來等待。

這間綜合醫院每天從早上九點到晚上十一點全年無休的營運。從「綜合」這個名詞來看，感覺似乎層級較高，是可以進行更深入治療的醫療機關。不過實際上只是位於目前還未倒閉的老舊大樓中的一層，有內科、骨科、耳鼻喉科、小兒科等科別，由一群兼職醫師們輪班工作。夜裡小孩若有突如其來的發燒、腹痛等症狀，可以就近求診，不必跑去大醫院掛急診。基於這項優點，此處深得附近居民喜愛。不過醫師班表起伏不定，不能保證前天看診的醫師今天會在。而且這裡並沒有所謂的「有油水可撈」的新式影像設備——也就是健保不給付的項目。所以，如果症狀非常嚴重的患者前來，醫師會寫轉診意見書，將病患轉到大醫院去。事實上，醫療民營化的趨勢無疑已悄然興起。像這種地方，除了在夜晚替大醫院的空白期暫做緊急替代處置，沒有太大意義。近年來，看診的人數每況越下，爪角記得五年前病患還不少，甚至連坐的地方都沒有……這麼想著想著，就輪到她看診了。

張醫師放下聽診器，用眼神示意在旁的年輕金護理師。金護理師到現在還不是很習慣這狀況，遲疑了幾秒才走出診間、把門關上。到職還不滿半年，每次只要這個老婦人來，張醫師就會要護理師離開。剛開始幾次，金護理師不理解意思，只是一頭霧水、疑惑呆滯地看著他們兩人。現在雖然還是會意外，不過知道要默默迴避。她就像其他新進護理師，透過實習期間的訓練，養成對醫師的指示不問理由、不表露疑問的習慣。當然，在護理站，護理師之間會針對前後事由自行捕風捉影、猜測議論——其中八成都在討論這個老婦人，她約每兩個月來一次，不管什麼症狀都指定要找張醫師，但大多沒有開處方箋就叫她回去，真不知道她為什麼要來醫院。只要她來，張醫師都會在問診後支開護理師，因此推測他們兩人一定是陷入那種令人戰慄的黃昏三角戀，就像每日晨間連續劇演的一樣。對爪角來說，不管他們怎麼講都無所謂，因為一個單身女子與一個五十八歲離過婚的男子，不管告外遇或通姦都不成立。但是她可以理解人為了盡可能誇大某種其實自然且正常的情況，通常愛用刺激性的詞語。最重要的是，爪角和張醫師的關係並無法用平凡簡單的日常範疇來解釋。

「如果感覺到什麼特別的症狀，一定要先告訴我，就算要在問診紀錄上排除，我也必須知道。」

「腰是有點痠痛，不過並不嚴重，」

「要不要把妳轉到骨科去看看？」

「我不想在病歷上留下紀錄。」

「我會交代一下，做做物理治療也好。」

「我自己貼點貼布就可以了。」

「那好吧。」

「不過，今天您要對我說的應該不是這個吧。」

「我要對您說的……有嗎？是什麼？」

張醫師再次細細查看電腦螢幕上的專用診療紀錄，看看是不是有什麼地方漏掉。他的模樣讓爪角嚇了一跳，難不成張醫師不知情？

「這段期間沒什麼大問題，最近一次有症狀是半年前的感冒。檢查結束後，如果您對基本數據之外的數字——例如骨密度——有疑慮，在我們醫院要檢測比較困難，我可以寫介紹信幫您轉介到其他醫院。萬一有在冰箱發現行動電話，或是在微波爐裡發現手表的狀況，您擔心記憶力，那個……很抱歉的說，那是大自然的法則，我也沒有什麼好多提。我比女士您還小七歲，對您說這種話好像有點不夠資格，不過我自己本身在各方面也很注意，只是現在畢竟已不像年輕時。說真的，您繼續做這份工作的期間是不會失智的。有些症狀的根本原因並不只是存在於生活中。如果您還是覺得不放心，可以接受保健所裡的失智檢測，不過，那對您來說也只是浪費時間罷了。」

當然，爪角很是好奇，以自己的身體年齡來說，記憶力下降到哪種程度是屬於正常範圍？但今天她想從張醫師那裡聽到的並不是這件事。如果明明知道，卻判斷沒有必要涉入所以裝作一無所知，那麼張醫師維持這若無其事的撲克臉還真不是普通厲害。不過話說回來，至少也要具備那種條件，才能和公司維持長達十五年的緊密合作關係。不管何時，他都是社區裡木訥誠實的醫師，但另一方面又是幫防疫者治療大小傷口與疾病，出售各種藥物的供應商。或許是因為張醫師並非兼職醫師，而是這間醫院的所有者吧。

「呃……那個……不是。」

「那麼是有其他問題嗎？」

這麼看來，一個月前那晚發生的事——那個讓爪角一度連炸雞啤酒屋的內部裝潢都預想過、差點斷送防疫生涯的致命錯誤——張醫師確實不知情。

「……沒什麼，我知道了。」

爪角站起身，不管張醫師是真不知道還是裝不知道，只要那件事不會造成問題，就謝天謝地了。

「檢查報告和以前一樣寄到公司去嗎？還是要寄到您府上？」

這個提問正好符合張醫師平常的口頭禪：「一起變老」，也是他給出的最好的關照。非要問是否寄到府上的理由是：萬一健康檢查結果不甚滿意，可以不讓公司知道。但同時也在暗示，最好有點自知之明，自己準備退隱。爪角輕輕一笑，搖搖頭。

「無所謂，您還是寄給海牛好了。」

「看來您還是對自己很有信心。」

不是因為有自信，而是爪角不想讓公司那些人看自己的笑話。如果有一天——正確來說好像是從某幾次生日開始——當她自問是否承認已變成無法再使用的工具——這就是她的答案。

但現在她不想思考那個問題。她用零失敗的成績延續生命，不知不覺就走到了今日，什麼時候變成了差不多可以做個夢，思考未來某日可立下隱退計畫的地步？目前一切還好，心臟依舊毫無差池地跳動，雖然有些細微的肌肉顫抖，偶爾有點氣喘吁吁，但到目前為止還未喪失不知身在何處、不曉得做了什麼事的認知能力，各種構成自己的具體零件目前也還不到停產之時。

話說回來，最後她的心結依然沒解開。如果張醫師不是睜一隻眼、閉一隻眼，而是真的不知道，就表示那個人真的一直沉默著，沒對任何人說起一個月前發生的事。但是，不論是多麼堅定的承諾，或多麼強大的心臟，都無法忽視那一日。

爪角那天在K地一個蓄水池附近完成防疫工作。那是場罕見的搏鬥，因為對手機警又頑強抵抗。不過，最主要還是因為她自身的疏忽。

對手是名五十多歲的男子，是非法計程車的仲介，長期從事非法勾當。那天她尾隨沒幾分鐘，男子就從後視鏡發覺不對勁，於是開始故意繞路。爪角知道自己曝光，仍然緊追不捨。沒人跡也沒有路燈，只能依靠車前燈在狹小的兩線道上奔馳，爪角的車速上升到時速一百八十公里，追上男子的車，緊貼著車側硬是將他堵住，以時速一百五十公里奔馳的對方反射地急踩剎車，混亂地轉動方向盤、跌落山坡。她從後視鏡看到滾動的車體，也急踩剎車，結果額頭撞上了方向盤。

一陣頭暈腦脹下車的她看到對方的車有如倒翻過來的烏龜，在揚起沙塵的車下露出一隻手臂。若是以前，在確認對方是否還有意識時，她會先用刀挑斷對方的手腳筋，先粉碎其殘餘的戰鬥力和生存意志。但這次車子幾乎完全壓扁，還是先把可能已無法辨識形體的人拉出來比較好。

在昏黑悶熱的夜晚，她不自覺做出錯誤的判斷。假裝失去意識的對方等到腳也被拉出車外後，冷不防一把抓住她的雙腳。她還來不及懊悔自己瞬間的大意，當然也沒能使出過肩摔，自己已先摔在地上，還被地上彈起的一塊刀般尖銳的石頭砸中背部。她掙扎著想起身，卻被對方沉重的身體壓住。

爪角已經夠矮小，所以一直以來，她都不曾與比自己更矮更輕的對手對戰過。但像這次與一個在平均標準身高以上的男人近身肉搏，真是好久沒有過了。然而她不認為壓在胸口的力道太沉重是唯一的理由。就在她心跳加快、呼吸變得急促之時，仲介成功地摘掉了她的帽子。雖然從黑暗中露出的軀體輪廓判斷，她心中已有個底，但在對方確認襲擊者是女子後，似乎恢復了自信，物理性的勝負欲也湧上來。他立刻站起來往她的肋骨踢了幾下，爪角朝著更陡的山坡滾下去。

「真是太小看人，居然這樣就想抓到我？是誰派妳這娘兒們來的？哎，還是個老女人，如果是個年輕貌美的婊子我還會多關照點，到底哪兒找來這種長得讓人食不下嚥的老太婆，喔？要我饒妳一命嗎？那妳要回去報告嗎？叫他們下次派個有點用處的ㄚ頭來吧。如果手下ㄚ頭的素質不夠，至少也要派個起碼撐得起場面的壯漢過來啊？妳這算什麼啊？嗄？」

他每問一句，語尾就特別加重語氣，音調上揚，還會像配合節奏似的踢的力道也加大。

爪角直往下滾，為了不掉進蓄水池，她死命地抓住地上亂七八糟的雜草才堅持下來。

「為什麼不說話？說，是誰派妳來的？」

爪角皺著眉頭，卻不自覺露出苦笑。這也難免，從事防疫工作四十五年的人生中，她幾乎不知道真正的委託人是誰，也不知道委託的來龍去脈。對方抓起她的後頸，又一把將她的頭按在地上，並將左臂扭到背後。

「笑？妳還笑得出來？」

那人的體重壓在她背上，她耳朵感到陣陣熱氣，那人又繼續問。

「不然妳說，妳到底是誰？」

若無法鎖定特定對象，就只能如此逼問派來的殺手。這顯示他心中想到的仇家不只一個。看來這傢伙這輩子還算有點看頭。爪角跪在那裡，頭被壓在泥地上喃喃說道：「……

你，幾歲了？」

當然，在行動之前，爪角從事先收到的資料中已知道對方年紀五十三歲，與現在的情婦密會過幾次，連每次的日期、時間、地點都一清二楚。

「你這小子第一次見面講話就這麼不客氣啊！」

爪角用低沉的音調訓斥，那人突然抖了一下，鬆開手往下看——深深插入胸口的刀在夜晚的空氣中微微顫動。他本能地伸出顫抖的手，似乎認為可以拔出來，卻在手指碰到刀柄之前就歪斜著身子倒下去。全身的血液都朝著插在心臟的刀子聚集而去，四肢無力，就連應該呼出體外的氣息也積聚著困在喉嚨氣管裡出不去。她扶起他的身體，這名仲介的目光看著腳下，無助地晃動著頭，像是一拍就會掉下去滿地滾。

她猛地踢了一下，仲介的身體平躺下來。從那人的眼神，他彷彿已知道她接下來要做什麼。他伸出手，想拉她的褲角。

她迅速踢開那隻手，像是要確認已經有一半身體被壓碎而蠕動的蚯蚓，腳使勁踩刀柄，順著鞋底傳來心臟厚厚的肌肉被刺穿和血管斷裂的聲音。她不經意俯視，仲介的手腳抖動兩下，無力垂落。她用腳尖把刀柄前後輕輕地推了一下。

「本來就略有所聞，不過你這人還真是一點兒腦袋也沒有。如果要壓制別人，應該先找出對方有什麼武器並卸除武裝才對啊。都給你那麼多時間了，只有我一個人在活動那多沒意思啊。」

對方已經什麼都聽不到了。不過，其實爪角也不是說給他聽的。如果流在這裡，毫無疑問也會這樣調侃對手。流不在後，她往往將自己當成流，如念咒一般這麼說話是她長久以來的習慣。

屍體先裝入大袋，再塞進自己開來的車的後車廂。接著，爪角往運動鞋套上厚厚的消毒殺菌作業用塑膠鞋套，在腳踝處以橡皮筋固定，回頭把剛才這一路翻騰的痕跡清除。她適度地將周遭弄得雜亂無序，盡可能呈現自然的狀態。只有一個問題：她無法把翻倒的汽車恢復原狀，駕駛座旁邊只留下仲介的身體被拖行的痕跡。爪角用從仲介腳上脫掉的鞋子做出好幾個爬坡狀態的腳印。每一步的間隔以目測衡量，維持相當成年男子平均步幅七十公分的距離。同時，過程中不能留下自己的足跡，因此，她再用套了塑膠套的腳將足跡一一擦除。計畫的腳本是一名駕駛技術還不熟稔的男子發生事故，連人帶車翻下山坡，男子用自己的力量試圖爬上坡到馬路上求救，卻從此下落不明。如果屆時搜查過程中警方起疑，進而在蓄水池裡進行打撈，也沒什麼不好，因為不管從水池底下撈出什麼屍體，都不會是那個仲介的。那樣一來反而可以拖延時間。人跡罕至的馬路沒有監視器，由於車體沒有發生碰撞，所以路上不會留下金屬或玻璃碎片，也不會有任何可辨識車輛的痕跡。雖然爪角有點擔心留下車胎打滑的軌跡，不過應該很難立刻確認，過一些時日，若有其他車輛經過就會覆蓋過去。

爪角用手電筒照了照四周，拾起一根顯眼的頭髮之際，揉了揉眼睛，心想：老花眼啊，沒辦法。但她的老眼昏花越來越嚴重，視野漸漸搖晃，不尋常而強烈的睏意襲來，這才感覺到剛才被石頭打中的背部好像一直在流血，已浸溼了貼身的襯衫，衣服開始繃緊。她發現得有點晚，這才想到必須找到那顆砸中她的石頭，同時也仔細檢查有沒有掉落任何纖維。

把屍體、石頭及零碎的垃圾等全收拾好，最後爪角再仔細地看了看四周。整頓完成後，她發動車子。如果能將仲介的車子埋進蓄水池，那麼直到下次換水前都不會被發現——這自然是更好的做法。但是她怎麼也無法移動毀損嚴重的車子。與足跡不同的是，移動的痕跡可能也會造成不少麻煩，然而以她的負傷狀況來說，這已是極限。

爪角一路猛踩油門，到達S市的追思公墓時已經凌晨四點，非火葬場開放時間。但是事先接到聯繫的管理者老崔已在停車場入口等她。無需交換任何信號，老崔直接打開後車廂，拿出袋子扛到肩上。爪角一句話也沒說，跟在老崔身後。

老崔進入建築物內，屍體放在托盤上，毫不遲疑地打開最角落第十九號機的門，一面啟動點火器開關一面問道。

「還有什麼要放進去的嗎？」

爪角慢慢把一雙鞋子放進去。

「明知道真皮不容易燒還硬塞。」

老崔氣鼓鼓地說。

「燒久一點不就行了，又不是第一次。」

老崔不耐煩地輕輕揮手，接著，她把裝在袋子裡沉重的石頭也放上托盤。這回老崔看起來似乎想爆粗口，強忍著想罵人的衝動說道：「石頭不是不好燒——是完全不能燒，我說老奶奶啊，這還需要我說嗎？」

「隨便燒一燒丟在某個角落就好，反正石頭不是亂七八糟到處都有嗎？」

老崔雖然愛嘀咕，但辦事從不拖泥帶水，她習慣了。在托盤推進去、確認十九號機臺的門關上之後，她就轉過身。

「請款單照例給海牛吧。」

「又是皮革又是石頭，我會要求雙倍的，真是！」

從上方和兩側冒出的火焰讓爪角產生一種錯覺，將犧牲者和其他雜物包住的熱氣似乎傾倒在她的後頸，不過也可能是那股以傷口為中心向外蔓延的疼痛。

一連串後續處理下來，爪角根本無暇回頭看背上的血是不是還在流。然而她不時感覺熱氣順著背脊流動，上下眼皮也總是磨磨蹭蹭、沉重不已、想要閉上。衣服裡流淌的血溼漉漉、熱呼呼地直下褲管，可是也不能把車停下。她有預感，一旦就這樣停在馬路邊，她的眼睛很可能就再也無法睜開。爪角一隻手勉強握著方向盤，另一隻手試圖與張醫師通電話——但對方關機了。雖然凌晨五點把醫師叫到醫院這種要求很無理，但張醫師應該能夠理解……沒想到他居然把電話關了，真是悠閒啊。一想到這裡爪角就不禁咋舌。

最近這七、八年來，她只有在偶爾感冒或接受檢查時才會進醫院，從來不曾嚴重到像現在需要張醫師的地步。平常若是受傷，基本上都自己處理、直接縫合。要說她寶刀未老，不如說目標對象不構成威脅，工作多半很輕鬆就解決了。隨著公司所屬防疫者的增加，落在她身上的工作不再像以前那樣多，而公司不知是特別關照臨退休人員，或者是要給她臉色看，似乎都把比較簡單的任務交付給她。但實際上，進行作業時她常會大吃一驚。那些人的自我防禦和警戒態度非常鬆散。像大企業的重要董事直接由祕書代為開車，或另外僱用保全人員的藝人把自身安全交付給專家後，自己反而會因此放鬆警戒。這樣看來，不管請到能力再強的人守在身邊都沒有用。雖說這世界越來越險惡，外國人綁架及非法買賣器官在內的各種都市怪談不斷廣傳，還因為不景氣讓各企業將俗稱「業務延伸」的公司聚餐次數限縮，甚至不得續攤。各地與防身有關的器材銷售量上升，不過，僅從統計數據來看，不能將犯罪率突然激增視為地球末日的指標。過去發生的「夜間事故」只有大約五成會上紙媒公開，但在數位媒體發達的現在，十之八九都會曝光。拜二十四小時媒體所賜，單一事故也會重複報導個七、八回。不管是為了填補播出時數或為了掩蓋重大政治事件，媒體帶著某種目的煽風點火、隨波逐流。在最緊繃的瞬間過去後，那些接受大量重複訊息灌注，最後變得沒什麼感覺的人才會在那邊問說：這是什麼時候發生的事？接著一切又回到原點、放鬆警戒，放任自己置身危險，並且在下回產生更強烈的刺激之前維持這種狀態。基本上，不只父母兄弟姊妹，甚至有時候人連自己都不相信，警戒和不信任的思想極度不徹底，身體隨時都像敞開的布匹或開封的箱子，無處不漏洞，精神方面更是如此。

就算對方像片在地上翻飛的枯葉，也要讓自己的力量直衝頭頂、好好應對。若總是小看對方，認為易如反掌，到頭來只會搞得一身狼狽。你要想，那些是我的命根子、是掌握錢脈的客戶。

握著方向盤的手不住下滑，爪角頻頻用力眨眼，硬撐著牢牢握住。面對那樣不上不下的對手，她也不自覺放鬆對付，結果就是落得現在這種下場。她彷彿聽見流咋舌，嘖嘖聲響擾動車內的空氣，觸發侵蝕她記憶的傷痕。不管怎樣，只要回到家……急救箱一直都好好地放在最顯眼的位置……但她只記得急救箱有好好放著，卻想不起那個最顯眼的位置在哪裡。無用並不如其名，是個還頗有可用之處的聰明傢伙。萬一主人在玄關不支倒下，聞到血腥味的牠應該知道得去把藥箱咬過來吧？雖然她不曉得自己能否維持清醒，撐著把手臂折到背後治療傷口。消毒水、紗布、抗生素、鎮痛劑，她口中不斷重複這四個名詞，腳使勁地踩油門。如果是以前，是啊，以前血管年輕又緊繃，有新鮮的血液不斷順著血管循環，皮膚的彈性極佳，就像扔地上也不會有瘀青的蘋果。如果是以前根本不可能發生這種事，血早就止住了，這點小傷就像搔癢，一點都不放在眼裡。如果是以前……這種程度的防疫根本不可能會見血……如果是以前……會是怎麼樣呢？

離家還有十五公里的路口，市場街面對三線道大馬路旁邊，一棟老舊建築物的三樓有一部分亮著燈。有人在醫院。也許是最後離開的護理師忘了關燈，但若是這個時間有人在，肯定是醫院的擁有者。說不定張醫師正在替其他防疫者治療，所以剛剛才沒接電話。雖然這些想法都是爪角為了合理化自己的失策和草率的判斷找的藉口，但最重要的是，在離家剩下十五公里時抬頭看到那昏暗的燈光，她再也沒有力氣把車開到家了。即使是此時，她仍用細如蜘蛛的決心揪著隨時會崩塌的意識，強撐著，再也無暇多想地把車停在停車場，走進建築物。

電梯停在三樓，爪角還沒按上樓按鈕，樓層數字就開始遞減。電梯來到一樓，門打開，一名老人與她擦身而過。這時爪角感覺到從背部往下流到臀部的血，似乎已經浸溼到鞋子裡，所以對從電梯裡走出來的人連詫異的餘力也沒有，反而更確定張醫師就在診療室。那人似乎是張醫師的客人（意即其他防疫者），結束緊急治療後正要離開。

不過……同行中還有其他老人嗎？

從醫院大門縫隙可以看到櫃檯和候診室全是一片黑暗，唯獨三號診間的燈亮著。眼前的一切事物和空間彷彿快要沉沒，爪角無力仔細確認三號診間外寫的姓名，只確認是姓張沒錯。她把門打開，就算裡面沒有人，至少也有一些可以派得上用場的器具或藥物。

「張醫師。」

穿著白袍、高大修長的背影映入爪角眼中。那名沒想到會聽見喊聲而回頭的醫師，年輕得看起來比張醫師少活了一半歲月。儘管爪角的視線已經趨近模糊，無法看清，但至少她確定眼前的人不是張醫師。這個時間怎麼會有兼職醫師？當她意識到必須趕緊離開——「請問有什麼事嗎？」對方卻邊問邊走向她。為了避開對方伸過來的手，爪角本能往後退。突然之間，牆上掛的月曆飛上天花板，而LED燈掉到地上，她看到急急忙忙過來並大喊著的陌生醫師，對方的臉就如孟克的畫作一樣扭曲。

所以說，這件事在爪角四十多年的個人防疫工作史中是個致命汙點。

眼睛睜開後，爪角的身體呈現側躺，感覺脖子後面到腰部有異物。她的手腕上纏著繃帶，視線隨著插在那兒又長又透明的管子往上移動，可以看到頭頂吊著的點滴瓶，其中的輸液就像鼠尾草花瓣尖端榨取的汁液，一滴一滴流下來。

「感覺怎麼樣了？」

背後傳來小心翼翼走近的腳步聲和男人的聲音，爪角這才想起這裡是三號診療室。看到她的肩膀突然蜷縮，男人用手輕輕地按著被子。

「請您不要亂動，傷口上了藥，剛縫合好，因為您失去意識，所以也不需要局部麻醉。傷口包括撕裂傷有十公分左右，出血非常嚴重，您穿的衣服全黏在傷口上，不得已只好拿剪刀把衣服都剪開，這點還請您見諒。」

那聲音怎麼聽都不是張醫師。爪角依照突襲對手時的習慣，本能地將手放在胸前。因沒有刀子，只能用自己的手，但這讓她更清楚自己現在的處境。在幾乎無法動彈的情況下，她不及意識到現在覆蓋自己身體的只有一床薄被，而薄被上有一隻陌生男人的手壓著。種種數不盡的理由、屈辱感和混亂一齊從肺部湧起。最應該擔心的是被對方知道自己的身分——雖然不確定她到底是做什麼的，但從衣服嚴重沾黏血液到必須剪開的地步，那人勢必看到了外套內袋藏著不同種類的刀子。只有傻子才看不出這是什麼狀況——必須把這個人處理掉——奇怪的是她並未想到那一步。並非因為藥力或傷口影響，也不是因為擔心在這醫院出事會對公司造成後患。

「還好，我本來以為需要輸血，或許是因為衣服黏在傷口上，反而幫助了止血。總之，幸好妳在陷入危急之前就來到這裡，要是再晚一點可就真的不妙了……啊，我這是在說廢話吧。」

爪角動了一下肩膀，示意男子可以把手移開。

「你是誰？」

除了在進行防疫工作的當下，一般情況不管年齡大小，只要遇到素不相識的人，爪角多少會保持應對上的基本禮儀。可重點是，除了與防疫工作相關的人之外，她也沒什麼機會和其他人說話。但眼前這個狀況，她不確定自己最後會不會殺了這個年輕人，更重要的是，對方可能對自己的身分有著各種疑慮，所以粗魯的語氣是先發制人的先決條件。

「我是每個星期三和五在這裡工作的內科醫師。」

「你不要站在那裡，過來，讓我可以看到你。」

身後傳來慢慢拖著鞋子走的聲音，醫師走到病床前的椅子坐下。一直以來，爪角在這間醫院除了張醫師外沒有見過其他醫師。別說不知道眼前這個人是誰，連他是不是新來的醫師都無法得知。推測年齡大概三十多歲……最多不超過四十，是個解決掉會很可惜的年紀。爪角邊想邊在薄被裡挪動身體。男子的表情開朗又溫柔，相貌彷彿只要哀求他人三次，就能讓人將口袋裡所有東西翻出來給他。不過，他似乎是個聰明人。

「您大可不必這麼緊張，我沒找人來。這裡除了我之外沒有別人。」

聽到醫師這麼說，爪角才把不安的視線固定在他身上。雖然覺得感謝，但你怎麼知道我想問什麼？爪角目不轉睛地看著醫師端正的下巴線條，仍保持最低限度的懷疑和警戒。他一定檢查過外套內袋裡的東西，卻沒叫警察來，單憑這一點，或許這個人真正的身分不是醫師，而是其他可疑人士也說不定。對一切事物保持懷疑和臆測的習慣是她生存的必備條件。然而，在伸手可及的範圍內，連最基本的手術器具之類的東西全都被清掉。診療桌上螢幕旁的筆筒裡一如往常插著鑷子和剪刀，不過她現在沒有自信一躍而起，飛身抓到那些東西。雖然傷口不痛了，但光著身體這件事讓她很在意，若要站起來，就必須裹著被子，那麼就會使得身體無法自由移動。

如此一來，妳也可能會被對方抓住，身上穿的、藏的都會被搶走，遇到那種狀況，妳要忘記自己身為女人這件事。誰會有空看妳的身體？彼此都沒有那種心神，真的沒辦法就光著身體行動，哪怕只有一絲一毫翻轉局勢的可能也好。如果失敗，那都是因為妳最後的自尊和猶豫所造成。

然而，流說過的那種狀況從來沒有發生，也因此她不管在什麼狀況中都沒有實際感覺到自尊危機。這段期間，她不想讓別人看到身上大大小小的傷，所以連公眾浴池那類的場所都沒有去。但她隱約知道現在的這個瞬間，在無論如何都必須遮蓋住自己身體的本能下，她是無法自由的。

醫師彷彿知道她無法停止環顧四周、不停探看，於是繼續說道。

「雖然我不知道您在找什麼，不過所有可能造成危險的尖銳物品都先收起來了。這裡要是被弄亂，我可沒有臉見院長啊。」

如此一來，不管是真正的醫師還是夜貓族，這人看來好像可以溝通，但她並沒有一丁點想坦誠相見的心情，更不想與年輕醫師維持這種分享人生的關係。

「年輕人還挺識相的，你知道我是誰嗎？」

醫師聳了聳肩。

「不知道，是病患啊。」

於此同時，她已在被子裡扒開貼布、取出針頭，下一秒猛然伸出手臂，扯下床頭的點滴吊瓶，砸向鐵製護欄。點滴瓶裡殘存的輸液及玻璃碎片一齊飛濺，醫師連忙舉起手臂、護住眼睛。她用單手抵住醫師的脖子，把他推到牆上，同時將剩下一半的點滴瓶碎裂的截面對準醫師的眼睛。這一連串動作花不到兩秒鐘，而在這段過程中她一直非常在意，不忘用被子包覆好身體。

「聽好，年輕人太傲慢會出事的。你到底是誰？為什麼這個時間點會在醫院出現？」

雖然她瞄準的目標是眼睛，但圓形瓶子的截面有一部分正好在鼻子前方，維持著隨時能夠割掉的距離。

「傷口……開了。」

醫師深呼吸後說了第一句話。這距離連細微的呼吸聲都能聽見，醫師一開口就隱隱約約聞到身體乳液夾雜消毒藥劑的味道，但她並不覺得不舒服或頭疼。在隨時可能莫名其妙被割斷頸動脈的危機下，竟然還能說出那樣親切、富感情又無私無我的話。

「無所謂，快說！你到底是什麼人？」

她邊說邊更用力地按住對方的脖子。

「我說了——我是醫師啊。這時間會在這裡是因……我父親在附近的市場賣水果，因為中秋節快到了，最近每天凌晨就出門，腰痛越來越嚴重，所以我就自作主張叫他來照了X光片，開了止痛藥給他，也就是說我把醫院資源拿來私用了。」

她這時才想起在電梯口遇見的老人。

「我的意思是，我們彼此都有隱情，就乾脆把嘴巴閉緊，同意嗎？我一點也不好奇您是做什麼的，只是不想被說我偷藥。」

這個人可以相信嗎？他可以保證不會對任何人——包括護理師——說一個字嗎？她原本按住醫師脖子的手臂放鬆了一點，同時心中權衡接下來會發生什麼事。如果他不信守承諾，即使遲一點再了結他也不是什麼難事。但這會在她的經歷留下汙點，甚至必須離開這個行業。而且根據經驗，之後要繼續活下去也會很難。她又重新估算了手中的這條人命與其餘事項的重量，隨即把手一甩。醫師無力地摔在診療桌上，先是撞到肩膀，再坐了下來，連咳三、四聲才動手拉拉衣服。爪角站在醫師面前，手中還是握著點滴瓶。

「今天看到的事全忘掉。你什麼都沒有看到，這裡什麼事都沒有發生過。」

「是、是，我知道了。我本來就打算當作上班前沒有來過這個地方，話說回來，您先把那個放下再說話會好一點。」

不過，爪角在穿上衣服離開這個地方之前，並未打算放下手中的點滴瓶。

「身為內科醫師不該縫補傷口吧？只要看到有人流血你都會做這種半調子的事嗎？」

「是不應該，但是當下心裡一急，不知怎麼就動手縫了，縫得不是很漂亮，就算癒合也會很明顯，最好等一個禮拜後才泡澡，縫合線大概要兩個月才會慢慢被吸收。」

醫師看了看時鐘，好像真的很想趕在護理師上班前離開。他開始整理起亂七八糟的診療室。看到他那個樣子，爪角也漸漸放鬆，開始對醫師產生一點點信任。基於防疫者對待他人的兩面觀點，無論遇到誰都會先懷疑再說，同時還要看看對方到底是不是個誠實的人。就爪角看來，雖然別人對他恩將仇報，這名醫師似乎連最基本的敵意都沒有顯露。他的這種態度並不正確。不過對他來說只是在盡一個醫師的本分，稀鬆平常，是不需要特別在意的事。

她這才把點滴瓶輕輕扔到病床上，從診間的窗戶往外看。時間已經超過六點半，街上開始有不少人走動，市場附近的街道比一般住宅巷弄的人跡更多。現在該怎麼辦？即使裹著薄被出去，平安無事到達停車場，把身體藏在車裡，最終還是必須開車回家。哪怕只是上下車那一點點時間，她也不想引人注目。X光檢查室裡有幾件病患服，但也只有上衣而已。

這時她才看到診療桌旁並排立了兩個紙袋。一個袋子裡裝的是剪破的衣服，另一個袋子像是裝了隨手挑撿放進去的新衣，上下身都有，全都類似她之前穿的黑灰色系衣服。

「這是您還在睡時我去凌晨市場買來的衣服，不知道合不合您的喜好，只好順手挑一些和您原本的衣服類似的樣式，應該可以吧。」

「還知道要準備，挺不錯的，多少錢？」

趁著醫師轉過身清理地上的碎片，爪角毫不遲疑地把新衣服拿出來穿上。

「沒有多少錢，您就拿去吧。」

「我知道開口要錢可能有點困難，但不能不給，其中也包括診療費用。既然你不說，那我就自己看著辦了。」

噗嗤的笑聲越過肩膀傳到爪角耳裡。

「那好吧，我就用來買冰淇淋給我女兒好了。」

爪角還剩下一隻袖子沒穿，她停了下來。「女兒」這個詞的音節像冰淇淋一樣從耳廓流下。然而，她很快地扣上鈕釦，拿起裝了舊衣服的袋子。

「辛苦你了，請自便吧。」

「等一下。」

醫師把手伸到書架頂端，哐噹哐噹扯下一個東西。

「差點忘了。」

他拿下來的是爪角所攜帶的道具，用塑膠袋密封著。她嚇了一跳，連忙整袋搶了過來。

「你拿去做什麼？」

「是怕我拿來切壽司嗎？我只是拿去清洗和消毒。」

「要是敢亂來……」

……下回我一定把你砍了埋起來。這句話她並未說出口，或許不會有機會再見面了。但在她關上診療室的門跑下樓時，仍輕輕地按住胸口，抑制急促的呼吸。

她離開後，將凌亂的現場收拾好、準備出去的醫師，應該會在電腦鍵盤下發現如刀刃般硬梆梆的四張五萬元鈔票吧。不知道他會怎麼樣——是會因想到女兒收到驚喜禮物時的興奮而笑，還是因為這個老太太最後仍多此一舉而苦笑。總之，他毫無疑問一定會笑的。她一邊想像那會是張怎樣的笑臉，一邊用力繫好安全帶。是失血過多吧，爪角眼前突然一陣黑，用力把頭甩了兩下。

結束張醫師的定期檢查，爪角到旁邊的市場逛逛。透明厚實的圓頂天花板覆蓋在上，每間店鋪看起來都很現代化，廣告看板也統一規格樣式，因此將這裡稱為傳統市場有點奇怪。她漫步在裡頭，感覺市場的氣味都被消除，物品像乾燥又客觀的物證一樣列放。其中瀰漫只買一包豆芽菜卻要求算便宜一點，或要老闆再多給根蔥似乎就會遭到白眼的氛圍。甚至，市場中央還有間小超市，好像才開幕沒多久，慶祝活動和贈品的宣傳海報還貼在顯眼處，只有招牌是個人商號，規模或販售的商品跟小型超級市場沒有太大區別。再走幾家就有一間蔬菜店、魚乾店和磨坊。在這種市場裡進駐一間也賣那些東西的超市，不知道到底有什麼意義。但她知道這個市場內的攤商都反對在一公里範圍內興建中的大型超市。她猜想，讓小型超市進駐市場客人熙來壤往的中心位置，或許就是為了阻擋大型超市、留住客人的手段之一吧。

爪角經過黑山羊營養湯店，站在一間蔬果店前。老闆似乎都出去送貨了，瘸著一條腿的老闆娘正在招呼客人。爪角遲疑了一下，開口說想看看水蜜桃。

為了以防萬一，爪角迅速調查過那個年輕醫師的名字，以及父母開的蔬果店位置。年輕醫師姓姜，姜與張、張與姜[4]，那天凌晨爪角衝進醫院時，晚班護理師在下班前就把診療室門上的醫師名牌換成姜醫師，但她因失血過多、幾近昏厥，根本沒察覺到那細微的筆畫差異。

不管找什麼藉口，差點向別人曝露自己的底細就是大錯特錯。雖然最關鍵的具體工作內容及所屬單位並未曝光，但對方已猜測出她的身分。萬一姜醫師擔心會被究責，把凌晨在三號診間發生的事如實向身為院長的張醫師報告——爪角不認為姜醫師真的會信守承諾，不向任何人透露——那麼公司肯定會知道。爪角不希望因為失去最基本的信任而離開。她對這個工作是有感情的。「有感情」這種表達方法以她的性格來說有點不自然，不過要說是為了活動身體而工作的執念，或是基於身為元老的執著，甚至有種這工作非我莫屬的固執也不適當。或許該說這感情就像臍帶，而且還是極為艱辛地供給營養，卻牢牢纏在脖子上的臍帶，不知道什麼時候會勒緊，造成死亡。

老闆娘在陳列的水果中拿出一箱看起來很柔軟的白桃，放在客人面前最顯眼的地方。

4 韓文的姜為「강」、張為「장」，字形相似。

「這白桃簡直甜得像糖，和糖一樣，而且入口即化，根本嚼都不用嚼。」

箱子裡裝了十二顆白桃，爪角搖搖頭。

「我不需要那麼多，給我四個就好了。」

其實買回家也只是和無用分著吃，只要兩顆就夠了，但爪角心想，賣東西的人應該不會想只賣兩個吧。算了，和無用各吃兩顆就得了。

「家裡有幾口人啊，只吃四個，這桃子很耐放，放著慢慢吃也好啊。」

嘴裡這樣說，但老闆娘還是在塑膠袋裡放了四顆水蜜桃，又突然像是想起什麼一樣，順手又溫和的再拿了一顆放進去。爪角挑了幾張乾淨的紙紗遞過，接下塑膠袋時，她盯著老闆娘的臉——準確來說，是目不轉睛且明顯地盯著那微微顫抖的花白睫毛。眼睫毛持續抖動是慢性疲勞和礦物質不足的指標。現在已進入寒風刺骨的季節，店內沒有暖氣，她卻流著汗，看來健康狀態並不好。老闆娘給人的整體印象及身體狀態，讓人聯想到通俗又自我犧牲的母親形象，也就是為了讓孩子能多念點書而孤注一擲、自顧不暇，最後無計可施，只能用止痛藥勉強湊合維持生命的女性。到最後，那個孩子並沒有成為大學醫院的教授，也沒有自己開業當院長，與父母一開始希望他出人頭地的期待有所出入。

不是八顆，也不是六顆，只買了四顆，卻執意要再附送一顆的市場攤商情誼，在持續的景氣蕭條與傳統市場的接連沒落之際，已經很難再看到了，爪角感到有點新奇。這讓她想到姜醫師。看似漠不關心，卻依然做了他專業之外的醫療處置，還自費幫患者買衣服，看來他是遺傳到母親吧。

這時，一輛腳踏車停在店門口，不小心擦撞到爪角的包包。

「哎呀，真不好意思。」

看到腳踏車勉強剎車、差點摔倒，老闆娘忍不住斥責，

「我不是說很難平衡就不要騎腳踏車了嗎？要是不小心弄壞人家的包包，那該怎麼辦？現在隨便一個包可都要好幾百萬元啊，你這人真是。」

「啊，我又不是故意的。」

看到老闆娘和老闆起爭執，爪角本來想告訴他們，自己這個包只是花兩萬五千元買的仿冒品──此時卻看到老闆從腳踏車後座抱了一個小女孩下來。小女孩叫了聲「奶奶！」就往店內跑去，背上的黃色書包寫著幼稚園名稱和電話號碼。

「爺爺都不會騎車，我以後不要給他載了。」

「嗯，海妮乖，奶奶只是說說而已，也沒辦法啊，不然從幼稚園走回來很遠，妳還是坐爺爺的腳踏車回來吧。」

「坐爸爸的車就好了啊。」

「可是爸爸很忙啊，他今天去那家醫院，明天又要去另一家醫院……」

破果

聽了奶奶的話，小女孩一臉不高興地扁嘴。啊，這孩子就是姜醫師的女兒。她那天吃了什麼口味的冰淇淋呢？還是得到一件漂亮的新衣服呢？不過，現在小孩的衣服貴得離譜，那些錢應該不夠吧。看著女孩的臉頰上點點細小又可愛的雀斑，爪角的嘴角不自覺掛著微笑。孩子膨膨的臉頰上生氣蓬勃，簡化而不複雜的言語從孩子體內躍出，有如踩著節奏一般。雖然沒有人說一定會這樣，但即使是沒有孫子的老婦人，看到這樣的小女孩都會自然而然產生那種情感吧。只有不住在海邊的人才會憧憬大海，由於對無法想像的存在產生訝異的感受，便會將那無法填滿的感覺當成目標。

「看來孩子的媽也很忙吧。」

就像說給自己聽一樣，喃喃自語的爪角感到一絲罪惡，她知道姜醫師的太太已經死了。不過一般街坊的老婦人在這種情況下通常會問孩子的媽去哪兒了？為什麼交由爺爺接送孩子？再評論起孩子的媽有無盡責，自然而然管起別人家的事。她現在就是扮演這樣一個普通的老太太，假裝子女都離家，正飽受「空巢症候群」困擾，對於年齡相近的人會想說什麼就說什麼。

「孩子的媽媽已經去天國了。」

「啊……真是不好意思，我居然……」

爪角露出驚訝的樣子，將帽簷壓低。如果是想再多管閒事的長舌婦，這時就會接著說：

「怎麼會？這麼年輕？」即使完全不認識對方，也會理所當然認為是年輕的妻子，絲毫不顧這種問題是在挖掘他人的痛處，純粹只想滿足好奇心。但那種事爪角不忍心做。

「沒關係，都是過去的事了。她是在一個很大的醫院裡，生這個孩子時沒有處理好，很可惜就走了，並不是因為生了什麼重病。」

老闆娘只要一想到當時的情景，依舊像飯粒卡在氣管一樣心塞。比起有點熟又不會太熟的人，對這種素昧平生者反而更容易訴說自己的經歷，將故事再加油添醋一番，就可以輕鬆寫出一本小說。這種景象在歷史悠久的塔谷公園[5]或電車上常常可以看見，爪角只是靜靜地聽著。

「再怎麼說丈夫也是個醫師，怎麼會那樣一下子就走了呢？我兒子真的搥胸頓足，在醫院地板上躺了好幾天，前後輩、同期同事和教授全都袖手旁觀，還拉著他、摀住他的嘴，真是怨恨啊！對了，我們又沒說要賠償金，應該要處罰失職的人才對啊。那都是人做的工作，是有可能會出錯，但我們又沒說什麼，誰也不敢保證自己絕對不會失誤，不過至少要說句道歉吧，居然給我假裝沒聽見……後來再去時，就被執刀醫師還是什麼教授的叫去。您知道他

5 是首爾最早的近代式公園，保有韓國主要寶物「圓覺寺址十層石塔」，也是日本統治時期全國性獨立運動「三一萬歲運動」的起源地。

說什麼嗎？『想大撈一筆的人一開始都說只想要真心的道歉。』哪有人那樣罵人的啊？結果最後他被趕出大學醫院，也沒其他地方可去，就輾轉在社區醫院打工一樣混口飯吃。好歹他眼裡還有自己的女兒，才能忍住想咬舌自盡的求死衝動，硬是活了下來。」

「真是辛苦了。不過老奶奶要顧店又要照顧孫女，真的很不容易。既然時間都過了那麼久，那現在……」

說著說著，爪角意識到自己有多遲鈍，立刻閉上了嘴。女孩抬頭看著與奶奶講話的客人，露出一臉好奇。爪角居然差點就脫口問說是不是該找個新媽媽了。雖然她有自信話中不帶惡意，也沒有必要管到這種事上頭。但老闆娘似乎對客人沒說出口又吞下肚的話毫不在意。

「又不是牙科或整型外科醫師，他那個科根本賺不到錢，根本沒有人想介紹。而且孩子也長這麼大了，我們兩個老人家不過做點小生意，這種家庭有誰想嫁過來呢？現在的年輕人都知道，醫師這行業只不過是好聽罷了。」

這時老闆正好要去送貨。他把裝蘋果的箱子放在腳踏車後座，用繩子綁好，聽到老闆娘的話，他指責道：「別再抱怨了，對客人說那些做什麼？快讓人家走吧。」

這時老闆娘才不好意思地把坐在膝頭的孫女放下，打開收銀機抽屜數零錢。

「上了年紀就只有變得比較囉嗦而已……真是抱歉啊。」

「別這麼說，這年紀剩下的就是時間，我偶爾也會這樣。」

當然，爪角不是偶爾，而是全然不會。她從不對他人透露自己的故事，會這麼說只是想讓老闆娘安心。孩子把一直揹著的幼稚園書包放在地上，恭恭敬敬地向客人鞠躬，說再見請慢走，書包內側的標籤上寫著「姜海妮」。爪角低頭看著這長得圓潤可愛的孩子，卻怎麼都感覺不出是姜醫師的女兒。看來應該比較像媽媽吧。

「小公主幾歲啦？」

「六對。」

六歲……姜醫師的女兒六歲。她不知自己只是明知故問，還是真的想聽聽小女孩的聲音，歲說成了對。仍含糊不清的發音，就像永遠不會蒸發的水分，在耳邊迴蕩。

「要乖乖聽爺爺、奶奶的話，下次再見喔。」

不知是爸爸還是祖父母的疏漏，孩子衣服後領的標籤掉了一半，爪角裝作沒看到，轉過身。她沒告訴過任何人，一個月前從三號診間出來時曾有過很像眩暈的感覺，看著這對祖孫時，她硬是強迫自己不要想起當時的感受。雖然短暫，卻讓她一時遺忘組成了自己不為人知那一面的血肉與碎骨，讓她放鬆了警戒，差點做起溫暖的美夢。那小心翼翼拾起點滴瓶碎片的手指，混合著消毒藥水味道的微笑，彷彿能夠赦免所有的罪。此時在她心中綻放、猶如朦朧胎動的感覺不過是曇花一現，並非永遠地圍繞在身邊的日常，只是因為連接到另一個世界

破果

而產生的小小悸動，並伴隨著一點沒能深入浸透身體、只是稍微沾溼了腳就出來的遺憾。

爪角走著走著，從袋子裡拿出一顆白桃湊近鼻子，聞了聞。從蒂到頂端帶有如印染般的紅暈，自粉紅渲染到白色的薄薄外皮就像天鵝絨，表皮上鬆軟的絨毛也無法掩蓋內在果肉散發出來的甜香。那氣味刺激著鼻腔，殘留在舌尖的苦澀逐漸消失。

她把那顆桃子遞給一個老人，他在地鐵站附近一間血腸店前，好不容易才把屁股塞進斜倚的凳子，正目不轉睛地盯著她看。老人的裝扮說好聽像個流浪詩人，不知為何常出現在市場附近徘徊，向幾個店鋪討飯吃。他不知是忘了回家的路，還是以前就住在附近，管區警察和貌似家人的中年男女數次把他帶走，但過不了多久又出現，在同樣的位置不停徘徊。

就在爪角與他眼神交會時，手上正好拿著桃子，她只是不好意思再放回袋子裡才遞給他。爪角也曾想過，這麼做會不會感覺把他當乞丐，反而惹他不高興，但那個老人呆呆地看著她遞過來的白桃，什麼話也沒有說，直接伸出蠟黃的手接過，隨即連皮一起咬下去。老人的嘴看起來像個黑乎乎的窟窿，牙縫裡塞滿果皮和果肉。一整個世界在他嘴裡破碎，汁液順著嘴角流下，直到手腕。爪角轉身離開。

不一定非得吃過才知道口感甘甜，甜蜜得讓人迷惑，稀軟果泥的氣味才是藏在心中祕密的本質。就像在樹梢末端不怎麼顯眼，卻不知不覺冒出的嫩芽。

파과

破果

少年從標榜培養兒童領導能力、啟發英才邏輯思考的論述哲學輔導班下課，回到家門前，剛掏出鑰匙就聽到「啌！」一聲，好像有什麼笨重的東西撞在鐵門上。那聲音先貼在門上大約貓眼的高度，接著似乎遲緩又沉重地滑了下去。

母親到海外參加學術研討會有兩個星期不在，此時家裡應該只有短期僱用的家事保姆。距離搬家還有一星期，該不會現在工人就進來搬東西了吧？那也太不合理了，而且為什麼偏偏在傍晚？少年歪著頭想，一不小心失手掉了鑰匙，用水鑽裝飾的字母鑰匙圈就這麼碎了。等搬去新大樓，大門應該要裝密碼鎖才對。幾次哐噹哐噹後，少年轉動把手，感覺大門比平常重了一點，好像有個巨大的虎尾蘭花盆靠在門後面似的。

門在地上畫出四十五度的扇形圓弧，打開，同時間，裡面有個像軀體又像液體的東西倒在少年的腳背上。少年低頭，倒在自己腳背上的是父親的頭，父親睜著雙眼，從頭頂到眉間有四、五道暗紅色的血跡。因為倒下而朝四面八方散開的血濺溼了少年的腳和地板，此時又開始聚集，傳來刺鼻的血腥味。奇怪的是，看著眼前父親染紅的頭顱，少年覺得只不過是血的氣味罷了，不是在大片血泊中揚起的腥臭或屍臭，反而像倒在溫熱鬆軟煎餅上的楓糖漿。即使父親的頭壓在自己的腳上，他也只是像看著虛空畫派（Vanitas）的靜物畫，絲毫沒有逃離的想法，這一切都是因為那諷刺的氣味。他不知道為何死亡會散發出那樣甜蜜又柔和的氣味，這與他迄今上過的那些培養領導能力、邏輯思考的課程完全不同，是另一種類型的感受，少年體內的現實感猶如老廢角質一樣掉落消失。

他抬起頭往屋裡看，玄關沒有人，通往客廳的走道像死者的舌頭一樣伸長，晚風從牆的另一邊吹來，傳出客廳陽臺門打開的聲音，他才意識到父親之所以呈現這種狀態，是有個禍首存在的。少年失禁的尿液順著褲子熱辣辣地流到鞋子裡。哪怕是從遠處目擊到對方的長相，至少日後對警方陳述時多少會有點幫助，少年急急忙忙推開壓在腳背上的父親頭顱，鞋也沒脫就跑進客廳。

首先映入眼簾的是珍珠色的背部，垂在脖子後的絲巾，遮住了背部挖空襯衫的一半，在月光的反射下，可見堅硬的脊椎和凸起的肩胛骨，好似馬上會從那裡長出翅膀。那人面朝外，跨坐在陽臺欄杆上，聽到聲音後半轉過頭，一邊喘息一邊以泰然自若的表情斜睨著少年。少年認出了她就是過去六天來負責家務的家事保姆。那一瞬間，少年必須在記憶中輸入幾件事——約四十多歲的女性、身材瘦削、中長直髮——但他全忘了，反而迷失在她的剪影裡，有著彷彿微風承載著花瓣在窗外飛舞似的錯覺。把父親弄成那樣，為什麼妳的衣服和臉上連一滴血也沒濺到，仍是那麼的乾淨？那到底是什麼技術？這一瞬間，少年真心感到好奇，甚至心想說不定那個女人並不是兇手。

那女人跳出去時嘴裡好像說了些什麼，但她渾身散發出的寒氣和風聲使得少年什麼也沒聽見。她離開好一陣子後，少年才想起這裡是四樓，他拖著幾乎軟癱無力的腳步慢慢走向陽臺，遲疑了好幾次不敢往下看，覺得那女人似乎在下面等著，只要他一探頭就會立刻伸出手抓住他，拋向空中。少年好不容易鼓起勇氣往下看時，已耽擱了好一段時間，想當然耳，下面並沒有人，只留下攀爬用的繩子及瓷磚上的痕跡。

這時剛好住在對面的女人正要回家，看到四散走廊上的血，以及躺在血泊中的上半身，不禁大聲尖叫，同時也傳來電梯門緊急關上的聲音。少年癱坐在客廳地板，心裡只想著她離開前留下的嘴型，也許是說「忘了吧」。他連不久後傳來的警車警笛都沒聽到。幾名警察看到往客廳的地上沾了血的足印，不禁摒息喊著不要動！然後進入屋內，卻沒看到必須生擒的犯罪者，而是發現了呆呆望著陽臺外的少年，周遭一片濡溼，淨是汙物和血。有人高聲喊著，用不知從哪兒弄來的毛毯圍住少年，滿是毛絨又粗糙的毯子揚起白茫茫的灰塵，那灰塵和從窗外飛進來的白色花瓣混在一起，飄出苔鮮的氣味。

檢方調查了當時少年父親經手的住宅建設事業，從區域規劃到核可等等一連串的過程，發現包括建案土地面積有落差，與相關單位不法勾結等超過七項問題，並掌握到為了進行施工，以非法手段取得的土地變更許可。此外更有其他違法事項及賄賂，相關單位的負責人陸續被挖出來，經調查後，他們不是革職就是坐牢服刑，讓檢方交了張漂亮的成績單。不過，就那些勾當來看，應該還不至於要被人買兇殺害。隨著案件繼續追查，最後發現是把部分責任推給承包商，或是單方面毀約的蠻橫行為，以業界慣例為藉口，強迫另一方接受不平等合約，拖延付款或放高利貸等恩怨關係。對某些人來說就像呼吸一樣理所當然的細小權力，對其他人來說卻可以喚起超越憎惡的欲望。然而少年父親之所以被牽扯進去，只因為他看到更多上位權力者自以為是、卑鄙的一面，並在建設過程中，把包括承包商在內的弱者逼入死角。

當然，與住宅建案無關的私生活也必須調查。在他出入娛樂場所與酒店結下數百回一日情緣的女人中，並沒有固定的婚外情對象。掌握行蹤的酒店小姐裡，於案件發生前後因疾病或藥物中毒而死亡的有六人，但未查出與建築業者的死有任何關連。後來在一個專門報導懸案的節目中，訪問了一位不願透露姓名的精神科醫師，他以變聲處理過的嗓音表示，死者十三歲的兒子出奇平靜、冷嘲熱諷的表現讓他感到可疑。但他的發言很快就受到社會大眾駁斥，大家都擔心受害者的兒子受到嚴重的衝擊。

根據那名中斷學術研討會緊急返國的母親證詞，大家對臨時僱用的家事保姆就是嫌犯這一點沒有異議。但她的真實身分究竟是誰？又是誰派她來的？這些都找不到線索。少年的母親透過人力介紹所僱用家事保姆，由於並非常態性僱用，只有在忙不過來時才會提出需求，所以每次介紹所派來的人都不一樣。這次因為出國時間緊迫，沒來得及先單獨面試。不料母親之前收到的身分證影本和身分證字號全是偽造的，證件上的照片和少年看到的人不同。該人力介紹所的代表雖然受到拘留，但經過調查，他與被害人也沒有任何關係，最後僅以營運上疏於管理為由，被處以巨額罰款、勒令停業。這段期間，只有心證而沒有實際物證，被害人經手的住宅建案事業漸漸中斷，逐漸被其他企業收購。少年住進封閉的病房，度個了兩個季節，這起案件也逐漸被人遺忘。少年與偶爾現身的母親在那起案件後並未建立良好的關係。不久，有親戚介紹國外的生物學教授給也在大學擔任教授的母親認識。

如果少年有什麼隱瞞，那就是在警方要求協助畫出模擬肖像時，推說只有早晚與保姆擦身而過，對衣著相貌等特徵沒有認得的自信。事實上，有好幾次他都親眼、近身、面對面看過她的臉。由於少年有過敏症狀，她根據少年母親留下的字條準備藥物。三種藥的服用劑量、時間、間隔及次數各有不同，字條上還寫了「孩子沒有辦法吞藥丸，所以一定要搗碎成粉，碗櫥裡有搗藥的缽跟杵」。對一個非專業護理人士來說應該是很麻煩的事，但她每次都能確實地分辨藥物及步驟，默默地、準確地把藥送上。少年接過磨得細緻的藥粉、仰頭服下時，總會那樣注視她好一陣子。她與母親不同。母親總是梳著符合學術形象、一絲不亂的髮型，她則一頭普通卻柔軟飄逸的髮絲，少年有時甚至會有股衝動想伸手碰觸。不管受到什麼衝擊，他都不會忘了她的相貌。她的身分證是偽造的，連人力仲介業者也不知道她的模樣，所以真正知道她長相的人只有死去的父親和少年而已。

到底是因為什麼樣的仇恨才讓父親變成那樣？主使者又是誰？這些少年都不知道，但在很久以前，他就知道她只是代理人（殺手），而非元兇。

父親沒有顯赫的家世，憑著奮鬥不懈的精神一點一滴累積成果，爬上高位後開始想涉足政治，於是私底下悄悄拉攏各界關係。這樣的父親應該沒有人不會覬覦。家事保姆只是完成別人交付的任務，不帶任何情緒或根據，不管何時何地，都不過問誰是老大、誰是小嘍囉。如今再問她為什麼那麼做，恐怕她自己也不清楚。即使當時意外地傳達過前後脈絡，有明確的根據顯示是接受誰的指使，但在過了二十年後的現在，當然也不會記得，那根本不具任何意義……總之，她的爪子應該確實抓到了一、兩個人才是。

還有那少年，他成為了三十三歲的男人，用「防疫」二字來取代「清除」一詞。

平常不管是托人或由快遞送來的禮品，都會在接待櫃檯簽收，由首席祕書先初步檢查過內容物再送到會長辦公室。通常那類的禮品開封後，裡面會附上封口的信件或資料，如果捏一捏信封沒有凹凸，就會原封不動連禮品一起送進去——當然，如果是現金，通常不會那麼粗糙，隨便拿個信封裝，至少會用像蘋果禮盒的東西。如果更正式、更用心一點，會用像新秀麗（Samsonite）的旅行箱裝好送來。如果在信封裡摸到比文件或紙鈔更厚實的東西，原則上要先打開。例如隨身碟，祕書會在接待櫃檯用自己的筆記型電腦先試試看能否正常啟動，並持續觀察十分鐘，如無異狀才會送進會長辦公室。這段期間，除了驗證隨身碟有無病毒，首席祕書當然也會看到內容，因此必須由嘴巴夠緊的親信來擔任會長的首席祕書。

「J製藥公司李會長派的人已經到了。」

「叫他進來吧。」

就像這樣，透過內線電話，會長並非指示「叫他把東西留著」，而是「叫他進來」時，祕書就會領著訪客，連同禮品一起進入會長辦公室。製藥公司派來的人拿著一個大水果籃，但只在表面看得到的部分放水果，塞滿填充物的底部通常放現金或是藥品，不管內容物為何，或是往來交易內容的暗黑濃度，都不在祕書室的知情範圍內，即使來訪的人是生面孔，並非自己所認識的對方公司的人，首席祕書也無權過問。

不過根據這嚴謹的程序，首席祕書還是要求訪客舉起雙臂，順著襯衫往下摸到褲子口袋。即使在一樓通過安檢門時已檢查過，首席祕書依然用金屬探測器從訪客的腋下到膝蓋外加隨身帶來的水果籃都掃過，才送出注目禮。

「不好意思。」

訪客似乎理解這是祕書的職責所在，帶著輕鬆泰然的微笑點了點頭，以優雅慎重的姿態，在最資淺的小祕書帶領下移動腳步進入會長室。這人比起之前幾次見過的J製藥公司首席祕書印象更好，身材修長，戴著Paul Smith的角框眼鏡、身穿Hugo Boss的西裝。他似乎對這種跑腿的工作習以為常，不會傻里傻氣地東張西望，而是抬頭挺胸，踩著端正的步伐，因此絕不是從路上隨便找來的人。在交付、收取重要或可疑的物品時，為了避免外界發現，有時會僱用公司以外的生面孔，這也不是什麼奇怪的事。

會長瞄了一眼放在桌上的水果籃，目光又回到原本在看的文件。他頭也不抬的說：「你先坐一下，我把這個看完……」

聽到真皮沙發因坐下而發出輕柔蕩漾的聲音，會長又說。

「你早來了十分鐘。我是以分秒為單位行動的人，這點李會長之前應該教育過。上次在包廂見面時說過，像這樣沒經驗的人就……」

他抬起頭，但明明坐在沙發上的人卻不見了。看著空蕩蕩的沙發，會長眨了眨眼睛。愣住的時間不到一秒，對方卻已不知不覺來到自己的扶手椅背後。意識到之前，他首先感覺到甲狀腺軟骨受壓迫和呼吸困難。會長本能地把手放在脖子上。但越是這麼做，膨脹的鋼絲線就越往肉裡鑽。對方沒讓會長伸向辦公桌底下顫抖的手碰觸到緊急求救鈴，先用腳將會長的手踩在扶手上。手背發出骨折聲，但脖子受到壓迫的會長已失去發出哀號的途徑，聲音被吞噬。會長試圖抓住纏繞在自己脖子上的鋼絲線，但鋼絲線和脖子之間連容納一片指甲的空隙也沒有。他的手往後揮舞，但鋼絲線很長，根本連對方在身後的衣角都碰不到。他使勁掙扎，想誘使對方露出空隙，但後面那人以兩手分別抓住一根繩子，支撐會長的重量。

隨著身體的掙扎，扶手椅被扯到一旁，會長的雙腳使勁亂踢，但皮鞋鞋跟卻無法踢到桌子，發出聲響，只是在空中亂蹬。他想乾脆連人帶椅一起翻倒，以製造聲響，卻因被捆綁住而無法達到目的。鞋跟落在柔軟的地毯上，隔著厚重的原木門，祕書根本不知道裡面發生了什麼事。不過最資淺的小祕書對於會長一直沒用內線電話要求倒茶，應該感到些許不對勁，理應敲門詢問，沒有理由拖到現在。纏繞在會長脖子上的鋼絲線不斷被使勁拉扯，待到會長的脖子發出某種斷裂聲，無力地垂下頭，訪客才將手指靠近會長的鼻子，確認沒有氣息之後，收回鋼絲線，提起水果籃，最後再穿上脫了放在地毯外的鞋子。

內線電話機上的燈在閃，應該是來詢問有沒有什麼指示、要不要準備茶之類的問題。若是遲遲不接，祕書就會進來查看吧。訪客進入會長室內的專用電梯，外面有人敲著會長室的門，訪客按下關門鈕，專用電梯直達一樓及地下停車場。他聽到祕書的尖叫聲傳來，再度將鋼絲線插入鞋帶孔。

電梯來到地下停車場時，看到會長座車的管理人員正在擦車子。沒接到祕書的通知，直接聽到專用電梯門打開的聲音，管理人員很是意外，正想轉過頭，冷不防被訪客用手指連續擊打太陽穴和鎖骨。當管理人員直挺挺地癱倒在地，一旁檯子上的鈴聲大響，是祕書室的呼叫。訪客用手肘壓下自動門按鈕，開著會長的車迅速混入車水馬龍。警察抵達時已是十五分鐘後，那時他早早過了一個路口，棄車坐上計程車離開。基於會長對社會的影響力，企業內部決定封鎖消息、隱瞞記者，悄悄展開調查。

大部分防疫工作都是這樣，不問是誰，不問為什麼要這麼做，也不說明為什麼某人會成為必須驅除的害蟲，或該掃蕩的老鼠。人們究竟為何經過漫長時間後在某一天突然變成蟲，並不需要什麼卡夫卡式[6]的解釋。委託人的層級越高，防疫目標的社會地位越重要，「為什麼」就越是遭到遺漏。任務通常會透過代理人下達指示，所以很多時候並不知道真正的委託人是誰。防疫者不會去算計驅除防疫目標後誰會得到好處，或是他的死可以創造多少利潤。只有在看見某人的死亡造成的股市動蕩、社會經濟文化活動產生變化後，才反過來推測委託人可能是在哪個領域、委託的理由為何。大部分陰謀論都是在這樣的過程中誕生，事出必有

6「Kafkaesque」（卡夫卡式）由作家卡夫卡作品的思想衍生而來，牛津字典中解釋為「壓迫或噩夢般的性質」，更生活化的解釋為「不必要的複雜和令人沮喪的經驗，就像是被迫進入官僚體制的迷宮。」

因，沒有什麼意想之外的因素。

很久以前發生在他父親身上的事也是如此。

就如婚姻介紹所，依照委託人（或代理人）與防疫目標兩方的社會地位、影響力及任務，進行危險度評估而區分等級表，就像肉品分級那樣，根據他們的關係來確認手續費。委託人的等級越低，防疫者可以親自參與會議的次數越多，可以與委託人討論防疫作業的手法，在防疫作業中發生的大小問題都能交換意見。雖然各有利弊，但在以感情糾葛或仇恨為主的情況下，防疫者有時還必須傾聽委託人的傾訴。有的委託人只扔一張照片說「處理一下」。有的則是說話不直接切入重點，拐彎抹角，一再強調自己正當性的委託人，那些大都是沒有能力支付報酬的人。防疫者雖然喜歡報酬高的工作，但也有人像他一樣喜歡找簡單的來做，接受委託人以悲淒哭聲展開的怨恨心情，對於提供很樣板的「我和你有共鳴」的感情勞動照單全收。

剛入行那幾年，注視著那些因細瑣小事而拚命的人那樣執著、悔恨又憤怒，的確很有意思。久而久之就會發現他們的故事總是千篇一律、陳腔爛調，聽多了也就麻木無感，不過是在浪費時間和感情。鬥牛最近接的工作都以今日這類為主。

這與時代氛圍無關，想處理掉某人的人總是冷漠，即使坊間胡亂開了各種徵信社，專門執行防疫工作的公司也沒有越來越少。相反的卻逐漸增加。有的防疫者會依附在公司底下，有些無法固定取得工作的自由防疫者會私下把主要客戶搶走，給公司扯後腿。三年前開始，公司有計畫地吸引中下層級的委託人，以做為吸引自由工作者的手段，中級以下的委託則以投標的方式分給防疫者。公司會把委託人的部分資料、防疫對象，有時甚至有較詳細的防疫原因，以星號將該工作的難易度與重要度列出。通常投標的防疫者會是慣於尋找容易下手的對象、急需用錢的人，最低價者得標。委託人支付的金額通常不會有太大變動，所以從結果來看，公司得到的手續費等於增加。公司完全明白這樣的招標方式會產生防疫工作品質下滑的風險。儘管如此，那些門路不順的業者在下級的防疫工作之中，呈現強烈的競標趨勢。

如果這麼繼續下去，一些阿貓阿狗輕率行事、闖禍出問題也只是時間早晚，以緊張和祕密構築起來的防疫環境露出破綻時，公司的全貌便將浮出水面：這行實際上應以地下經濟世界為中心。即使本就眾所周知，但要是真的浮出水面、攤在大太陽底下，分明是出了問題。隨著工作上的失誤增多，公司可能會因此關門。像孫室長這樣的人，那些個把品質弄得不斷滑落的手段是應該要讓他知道的。不管是不是打工都一樣。用這種方式將人的資源徹底耗盡，毀掉前任室長布置好的一切，總有一天會遭外圍的跑腿中心吸收合併。

破果

公司電腦的主要硬碟中存著過去十五年來防疫工作的所有資料。防疫結束後，必將資料銷毀、不留一點痕跡。這原則說穿了只是為了爭取委託而對外包裝的廣告詞。事實上，不管大小委託人，都無法保證日後絕對不會扯公司後腿。所以包括錄音和錄影檔案，都會毫無遺漏地保留下來，萬一將來發生問題，便可派上用場。那些大大小小的資料其實多半過了追訴期，在法律上已喪失意義。不過若將那些資料丟給媒體，後果絕對非同小可。過去的事件將重獲生命，那些資料就像雙面刃，可以同時牽制委託人和公司。合作那麼久了，毀滅時當然要手牽手一起墜入地獄啊！那晚，鬥牛看著躺在沙發上睡著的海牛的後腦杓，心裡一面這麼咕噥，一面解開層層密碼，一一翻看資料夾中的內容物。

孫室長認為把資料硬碟放在小保險箱中，再藏在某個深山別墅並不是很好的方式。竟然放棄原本應該藏的場所，淪落到使用這種亂來的方式，擺在並非徹底與外界切斷通道的祕室。對他來說，祕密應該放在看似明顯卻不會被注意到的地方。如此一來，若遇到充滿正義感的檢察官前來，想要拿走資料，就可以立刻把眼前的硬碟拔起來銷毀，那麼一切就可這樣結束。若放在很遠的地方，設了保安裝置還派保全人員看守，當資料有危險時要銷毀反而更困難。

基於孫室長的這種信念，鬥牛才會趁機在被鼻炎、感冒和支氣管炎折磨的海牛的生薑茶裡加了藥，待她熟睡之後，便好整以暇地翻找檔案資料。不知情的海牛原本只想瞇個十分鐘，卻足足睡了超過三小時，等到睜開眼看見鬥牛還在資料室裡守著，反而對他有點抱歉。

十五年以上的作業資料並未電子化，顯然是手工整理後再收進櫃子。鬥牛從海牛脫下的外套口袋裡拿出鑰匙串，一把一把試著開，但七把鑰匙中沒有一把是對的，其中有四把小鑰匙，依照順序是鐵製辦公桌各個抽屜的鑰匙。他用其中一把打開第二個抽屜，將裡面的衛生紙及訂書機等雜物清除後開始敲打內部，果然發現層板下方還有一個祕密空間。鬥牛用刮鬍刀片勉強伸進層板內，發現另一串鑰匙，叮叮噹噹竟掛著超過四十把，其中二十多把上頭貼著標籤，從早已報廢的車輛的車鑰匙，到以前辦公室的鑰匙都有，完全沒有整理過。*這人拿了薪水卻連這些東西都不丟，還留在這裡是要幹麼？*鬥牛瞥了一眼海牛的後腦杓，咂了咂嘴。但一想到孫室長的個性，他立刻改變想法，將貼了標籤的鑰匙一一插進文件櫃的鑰匙孔中——有一把還寫著「夫人衣櫃」，而這把不知是哪位夫人的荒唐鑰匙，卻將櫃子打開了。

裡頭會是給誰穿的衣服呢？

櫃子裡很是壯觀。雖然有以前的資料，但並未按照年度或字母順序排列整理，看來應該是有心想好好整頓一番，卻又不知如何下手，最後只好隨意堆放。不過，基本上還是可以用時間來區別，大概十年一個單位。他將裡頭的資料拿出來，撣了撣灰塵，耳邊聽到海牛發出沙沙作響的聲音。

過去十六年到二十五年間的資料，都用286或386電腦的軟體製作，與現行的電腦系統配置和環境都不相容，應該無法讀取，只能用舊型的點陣式印表機或噴墨印表機印出來才能確認。超過二十五年的資料中有用手寫，也有手動打字機打在抄更紙[7]上。還有公司草創初期從右邊直書的手寫資料也留了下來。更甚，竟出現了除去助詞的漢字及以日文所寫的內容。鬥牛循著字跡細細察看，終於在泛黃的墨跡中找到與父親有關的紀錄。

事到如今，我該拿妳怎麼辦呢？

鬥牛突然想起她的指甲——雖然修剪得很整齊，但由於長時間過度使用，變得粗糙，就像破爛欲碎的碗。

如果將之片片拔起，每個指尖都會像花瓣一般綻放，應該會更漂亮、更華麗吧。比血色更美的紅，世上無與倫比的紅。就算接觸到空氣後會變黑、變得髒兮兮，卻是深沉又殘酷的紅。

他沒想要循著三流武俠小說的固定模式，向那個在父親腦袋打了個窟窿的女人報復。那棟荒枯寂涼的五十六坪房子、彼此沒有一點情感的家人——但那裡確實是家。雖說那起動搖了日常的事件是一大前提，但他加入這一行純粹是自己的意志及選擇……話是這麼說，不知為何聽起來又好像是某個大計畫的一部分。正確來說，一切應該是偶然吧……至少曾經是。他所做過的事當中有這種必然性的並不多。並非想用一個業障來消除原本背負的業障，也不像渴望神靈來附身的小巫女那樣迫切。對於清除不特定多數的人，他不帶有個別情感，也不具強烈的道德感，認為自己不能和殺死父親的女人做一樣的工作……總之真的是不知為何就開始了這一切。

生活中發生的事，多是由微不足道的細節組織而成，現在的生活就是所有偶然的總結與變異最終的結果。

那天的防疫作業到底是由誰指使、為了什麼要殺死父親，其實也不是多了不起的事。鬥牛雖不是刻意尋找，但只要在這行做下去，總有一天會看到蛛絲馬跡。那不是茫茫然的期待與盼望，而是一種微弱的預感。但如果要說為什麼會對那個跳下陽臺的珍珠色背影感到好奇，大抵是他沒想到那個嬌小的女人會活到現在。就算活著，現也年過花甲。如今才來面對

---

7 以碎紙再製成的紙。

老婦的皺紋，反而像是有更大的碎片會從內部掉出來。即使這圈子再小，同業還是很多，可是絕不會有人出來透露她的消息。他不想大剌剌又積極地找尋那個女人的下落，最後卻聽到別人在茶餘飯後談論她因為任務失敗而死亡這種話。

然而，確認了父親的一部分資料被銷毀，鬥牛瞬間有種洩氣感，但是他並未忘記設計出這一切的頭頭。如果在Google上搜尋那個頭頭的名字，應該會跳出超過三千個同名者。倘若再稍微具體加入相關搜索詞，則查不到關於那天事件的相關結果。由此可知，那個頭頭之上還有更大的靠山。原以為父親的死只與政經界有關，但現在感覺比較像是落到了承包商的承包商的承包商身上——因為惹是生非而不得不處理的地步。真相像酥皮那樣不知疊了幾層，如果剝去那層所謂的內容物，其實也沒什麼。直到現在他也很難確定是從一開始就沒有，還是在某個階段消失了。如果說在那文件中有撈到一個什麼，就是她現在還活著，並且仍在活動中。

從那天起，鬥牛改變了領防疫任務的方式，開始常到辦公室走動。

現在我該對妳說什麼？

相遇的第一瞬間，鬥牛立刻認出她的柳葉眉、凹陷雙頰，以及看來剛毅的嘴唇。當然，在對方眼中他就是個無視前輩、也拒絕向前輩問候的小子。我們就這樣互不相識、錯身而過也好，這工作不需要團體合作，多認識妳對我也沒什麼好處。她自然是不記得自己，擦身而過時，鬥牛聽到她身上某處發出窸窸窣窣像藥袋的聲音。某一時刻、造成那事件且碎成好幾片的場面晃動著湧進她的眼中。

現在我該對妳做什麼？

妳已經老了、變得頑固，離聰明也有一段距離。那樣不經意轉頭的瞬間，我隨時都能張開五根指頭抓爆妳的頭。妳很放心嗎？妳可以抵抗或避開嗎？也許很難吧。妳自己應該也清楚，妳的身體已經跟不上視線的速度和心裡的想法了。

但即便如此，如果像其他俗氣的傢伙一樣削價接案或一擊就倒，就太令人失望了。

該怎麼辦？曾經轟爆我父親腦袋的女人，可不能隨便解決。

他將不自覺伸向她後腦杓的手悄悄收回，在嘴上吻了一下，只是定定地看著她。那頭鬆軟、乾燥、捲捲的灰髮就像碰不到的層板上的陳年灰塵，糾結在一起。那是與記憶不相容的

破果

當下，是無法呼應想像的真實，永遠只能留下空白填不滿的感受。

鬥牛下了計程車，走在路上。換季時節嚴重的日夜溫差讓他自律神經失調，不禁將外套脫掉，卻突然沒來由地感到一陣心慌，像是血糖下降急需補充糖分。那與飢餓引起內臟肌肉的波動不同，是一股必須從舌尖攝取甜食的焦躁。他掏遍褲子口袋，只找到原本包裹巧克力的包裝紙。他順手將包裝紙揉成一團，想要扔掉，卻剛好看到旁邊穿著淡綠色制服正在掃落葉的環保清潔員，只好把包裝紙又塞回口袋。

又走了一會兒，一間便利商店或雜貨店都沒有。鬥牛從外套中包著的水果籃拿出一顆白色的水蜜桃塞到嘴裡。果皮上柔軟的細毛刺著嘴唇，一口咬下沒多久，嘴邊就起了紅疹。水蜜桃豐沛的汁液沿著下巴流淌，順掌紋而下，在手腕上戴的勞力士錶帶處稍稍暫停，於手臂畫下一道稀軟的泥濘，順著往下流到手肘，浸溼了挽起的襯衫袖子。鬥牛伸出舌尖，輕輕舔了舔殘存在嘴唇的甜味，蕁麻疹的局部紅腫漸漸變得嚴重。他將只咬了一口的水果隨意扔在地上。掉落在地的果肉飛濺到路邊一隻流浪貓，貓蜷起身體，跑到遠處坐下，舔著自己毛上沾到的果肉。

他偶爾也會有疑問：她為什麼那麼用心且確實地準備藥物？只要心一橫，大可以把藥換了，先把孩子處理掉。難道只是為了堅守不碰非防疫對象的原則嗎？真是盡幹些費力的事，就算隨隨便便撿個什麼東西搗碎，與麵粉和在一起當作藥，也沒人會知道啊。

「啊……好熱。」

他喃喃自語，但並未感到不耐煩或無力，而是吐出些微水氣，以及小而輕鬆的興奮聲音。

파괴

大概兩、三個月就會有一次防疫作業，執行的那天早上，一切準備就緒後，她會像什麼虔誠的儀式那樣把無用拉近膝蓋前。

雖然經常忘了餵食或幫牠洗澡，散步的次數明顯不足，但是無用對這樣的生活似乎沒有什麼不滿，還是很聽主人的話，果然和一般的狗很不一樣。這一人一狗都是上了年紀才相遇，對彼此都沒有特別牽掛。主人回來時，無用還是會跑到玄關禮貌地搖著尾巴迎接，但牠不會撲到主人身上。因為要是連這動作都不做，似乎連同居者最基本的禮儀也失去了。簡單生硬的問候結束，主人身上好像散發著火藥或化學藥品的味道……更別說若聞到血腥味，牠還會哼哼唧唧。不管藥品的味道是香甜或不好聞，都可能讓牠陷入迷惑、打轉或吠叫。然而無用無念無想，總以達觀的姿態繞著主人打轉。因為不放心上，所以她反而認為這傢伙最適合自己。爪角經常這麼想。不過不管怎麼說無用這個名字好像取錯了，其實牠相當徹底地掌握了主人的心理，知道什麼時候該來、什麼時候該走，維持最適當的距離。這孩子如果被其他人撿到，也許會成為更有用的寵物犬吧。

她摸了幾下無用的頭，讓這傢伙靠近膝蓋坐著，接著轉向東邊，說道。

「看好，窗是開著的。」

無用的頭轉向她手指的方向，洗碗槽前的小窗朝外開著，那個空隙如果硬擠，無用的身體是可以勉強通過的。那個小窗也是在開始飼養無用之後她特別找裝潢師傅加裝的，並未上鎖，所以只要輕輕一推就能打開。如今，或許有人認為她大勢已去，已不算一級防疫者，不會有人想進入家中搜索或是裝設陷阱，但因為她外勤頻繁，雖不會在一個地方停留太久，依舊隨時將門牢牢鎖好，一根針的縫隙都不容出現。這是她長久以來的習慣。

但在與無用一起生活後不久，她開始讓窗戶一直開著，即使暴雨或寒流來襲會暫時關上，但不會上鎖。之前為了提醒自己每天早上要開窗，還特別寫了小紙條貼在冰箱上。如今開窗已成為反射。她在無用面前做了好幾次推開窗戶的動作，並再三確認，

「絕對不可以忘記，雖然一直這樣反覆講你聽了會厭煩，但那一天總是會來臨。」

無用坐在不習慣擁抱的主人膝上，鑽進她懷裡看著。

「如果有一天我沒回來，你就從這裡出去。看到了吧？只要輕輕推一下就能打開。如果苦等不會回來的主人，最後餓死，那會很麻煩的。不管是要去找人討食或翻垃圾充飢，總之你必須出去，並繼續活著，只要別被賣狗肉的抓到就行。」

無用不知是聽懂了或是從她聲調的高低判斷出了什麼，一直抬著頭愣愣地看著她。

「還有一件事，或許比我不再回來還容易理解：如果有一天早上你醒來，發現我躺著不會動，連用腳推我或狂吠我都沒有反應，你就從這裡出去。不是要你出去找人來幫忙，那個時候我應該已經死了，但你要活下去。如果打不開，而你餓了，就吃我的屍體，我不會在意。如果那樣可以對你有點幫助的話。但總有一天屍臭會傳到外面，或是有蟲子沿著排水管

爬進來，就會引起別人注意。那些人進來後看到你，會把你抓去安樂死。他們會有很多理由，例如啃食主人屍體的狗不能活著，或是認為你吃了腐壞的肉會把細菌或傳染病傳給人類……但最主要的原因，還是因為你老了，所以不會有人想照顧你。」

這樣的慣例與平時大同小異，靜靜感受那股平靜在體內蔓延。她的手輕輕地掃過無用的背，無用以溼潤的鼻子湊上她的下巴磨蹭，代替回答。

「其實不一定是狗，對人也一樣。老人是無法以健全的精神度過餘生的……老人容易感染疾病，又經常帶著病走動……誰也不能代替別人承擔，對所有人都一樣。就算不能好好照顧你，我也不希望將你落到那樣的處境，這樣我即使死了也不會安心。因此無論何時，只要到了那時，你就從那裡出去，不管去哪裡都好，知道嗎？活著，在被歸類為難以處理的廢棄物之前，要活著。」

她已經想不起確切是何時把無用帶在身邊、並為牠取了這個名字，只記得第一次見到時牠就並非嬌小可愛的模樣，不是任誰都會二話不說把牠帶走。不過，牠現在的外貌看起來和當時並沒有什麼不同，也許她是認為沒有人會把牠帶走，所以就撿回來了。她無法回溯當時的經過細節，但撿回這樣一隻活體動物產生的困惑，以及竟在衝動之下做出毫無計畫的行動的狼狽感，至今仍非常鮮明。

她隨時提醒無用，即使這兩種情況發生的機率都很高，但在實際發生之前，她仍會一如往常與牠交流。睡得好嗎？我去去就回。一人一狗一天說不到十個句子，大部分時間只是相互凝視，但不可避免依舊會說這樣的話——不要到處亂尿，到浴室去尿。吃吧，喝吧。去散步回來了嗎？別亂叫，那個不是壞人，是來檢查瓦斯的，是送貨的，送你的飼料來的。她平常會對無用說的大概就是這些。她沒想到家裡除了自己外還會存在某種生物，甚至會與牠對話。她也沒料到當家裡有個什麼在等著自己時，回家的腳步會變得急促，甚至還會因擔心回不了家而焦慮。她沒想過這樣的日子會再次出現，在將無用帶回來之前，她完全沒有想到。

我去去就回。

這句話……有人說過不要說這句話，而且是背對著說。

不知道是叫人不用回來，還是因為回來是理所當然，所以無須贅言，她連問的勇氣都沒有。「去去——不回」代表的是防疫失敗的結果，想來對方是不抱任何期望。另一方面也可以解釋為有著一去不回的覺悟。不管對方的想法是什麼，對她來說：「去了一定會回來」有助於她確信自己會成功完成防疫作業、平安歸來，所以她無法放棄這離開前的道別。於是只好望著對方的背影，無聲地說，我……去去就回。神奇的是，明明沒有發出聲音，他卻總是背對著她擺擺手。

那個貧民窟對於十五歲的少女來說是第三人生開始的地方。

第一個是生下自己的父母家。少女十二歲離開那裡時，上有一個姊姊，下有四個弟妹，三個是妹妹，最小的是弟弟。當時全家擠在七坪大的房子，母親在做串珠、貼信封等家庭手工時，姊姊就幫忙看顧弟妹。父親在期盼已久的弟弟出生後誓言不再賭錢，好好找個工作賺錢養家，卻這麼一去不回。大姊要包辦家務，弟妹年紀太小。相較之下，長得夠大、擁有足夠力氣、也懂得看人臉色的老二，被送到家境較富裕的堂叔家是理所當然的結論。說是領養，但在當時人口多的家庭，為了省吃儉用將孩子送到親戚家是很常見的。少女很清楚，自己實際上是寄居在別人家幫佣的身分。

堂叔與堂嬸雖稱不上親切，但也不至於欺負虐待，只是有時會不帶惡意的嘲弄堂侄女的處境——不知道孩子的爸是不是在哪裡自己跌死了？還是至今都沒有清醒過來呢……諸如此類。不管怎麼說，在外人看來他們大體上還算是好人。

堂叔不知道是做什麼的，好像是什麼工廠的社長。而堂嬸不管去哪裡都不穿傳統韓服，而是穿西式洋裝，拿著綴滿珠子的手提包，身上總傳出叮叮咚咚的聲響和COTY香蜜粉[8]的氣味。兩夫妻原本就有一子一女，分別比少女大了五歲和三歲。對於該怎麼和他們論輩分稱呼，少女感到很困擾，所以乾脆直接叫哥哥、姊姊。就讀名門女中的姊姊依照校規將會碰到領子的長直髮編成兩根辮子，並十分用心地在髮尾繫上紅色髮帶，只要從學校回來，就會說誰誰誰看了自己。在家裡還會隨時戴著閃閃發亮的素面銀戒指。偶爾，她會用只出現在故事書上、像剛烤好的白麵包一樣的手，從雜物箱挑出已氧化變黑的銀飾給少女。念中學的哥哥話不多，看起來體質虛弱，雖然有點神經質，但每次少女拿點心給他時，他都不忘說聲謝謝。盤子上若有兩塊羊羹，他一定留下一塊。少女就會一邊吃著剩下的羊羹，一邊用牙膏擦拭變了色的銀戒指。

這個家不用鹽巴也不用第一牙粉刷牙，而是用軟管裝的幸運牌牙膏，那是少女出生以來第一次看到的牙膏型態，覺得新奇。為了避免浪費，她很小心地擠出一點黃豆大小的牙膏，經過一番費力擦搓，把恢復成與原本色澤差不多的戒指戴在手上。原本戴在姊姊無名指的戒指到了自己的食指上，略顯寬鬆，但她依舊充滿虛榮地在浴室的白熾燈下舉起手，看得暈呼呼。這種如夢似幻的感覺若說是來自無意義的戒指，不如說是因為浴室裡充斥的幸運牙膏和

8 一九三五年美國COTY集團製造的蜜粉，是早期輸入舶來品，韓國稱為「有媽媽味道的香粉」。

COTY香蜜粉所造成。

兩個人。兒子，和女兒。這是無限單純且合理的組合。少女注視著藏在簡潔中的富饒氣息。越是熟悉此處，越覺得自己離開的地方根本有如豬圈。小小的身體全擠在一塊兒，打橫側躺，歪斜著睡，連老么都一樣，夾在姊姊們的胸背之間，一不小心就會窒息，空間狹小且骯髒。嘴的作用只剩吃食與激烈的爭吵，任孩子在那種和倉庫沒兩樣的地方拉屎撒尿的父母親，只有做那檔事才會黏在一起，如殺豬般地嚎叫。她到堂叔家住之後才想到，在孩子全都擠在一起睡的七坪大空間中，父母親到底是在哪裡、又是如何做那檔事？當時大家堅信必須這樣不停繁殖，直到生出兒子——而那個兒子該用在哪裡？這是以後才要考慮的問題。眾人一直以為繼續生殖是理所當然，如果家裡的狀況因而嚴重衰敗，到了隨時都要餓死的地步，就在一堆孩子中選出看起來傻呼呼，或長得最不好看、食量又大的傢伙，送到別的地方去就可以。除了豬之外，只有現代化程度不高的無知之人才會對其後衍生的更多問題一無所知。

堂叔家是兩層樓的洋房，不只有鋼琴、電話，甚至有電視機。至於報紙，裡頭寫滿的內容都是少女很難接觸的陌生領域，但即便如此，只能瞟一眼她也心滿意足。另外還有一個負責廚房的佣人，比哥哥大兩歲。少女知道自己在這個家裡的角色是那個女人的助手，就算沒有人告訴過她，但打從來到這個家的第一天，她就掌握住了這件事。

煮菜這種比較難的事就由佣人負責，少女則依照寫在紙上的明細到市場採買，或是用留下的洗米水洗碗。兩天上一次市場，盛裝六人份食材的菜籃並不輕，而每天收集洗米水也很麻煩。有時碗比較油膩，洗米水一下子就會用光，少女則會被佣人責罵。雖有工廠的客戶從國外引進的廚房洗滌劑，那東西就像魔法般的祕密武器，只要一滴就能洗得乾乾淨淨，只是不是任何時候都可以用。至於需要大量體力的洗衣工作，剛開始佣人會帶著少女一起洗，但在少女漸漸習慣後，除了需要兩人手腳並用、踩踏清洗的大棉被外，其他衣物都由少女負責。此外，每天都要打掃洋房的每一處，給庭院裡每一棵如雲朵般茂盛的樹木澆水，修剪雜亂無章、隨意橫長的枝椏。晚上得把隔天堂叔要穿的衣服和姊姊的校服燙好。為了完成這些事，少女一整天都很忙。

傍晚姊姊彈鋼琴的聲音、晚飯後到熄燈前電視機裡傳出電視劇。聽著這些聲音，對少女來說，就已算是優雅的生活。這家人不說髒話，沒有謾罵，總是用低低的音量親密交談。她心想，也許，唯有離開那無論何時都擁擠不堪、緊張焦慮如豬舍般的倉庫，才能讓人們的聲音變得那麼平靜、柔和。

少女與佣人一起睡在廚房隔壁的小房間，睡覺時不需要縮著身子，就算兩人都睡成大字型，也足夠寬敞。但少女在那陌生的空曠感中時常翻來覆去，依舊會習慣性地在角落貼著牆壁睡。有時堂叔和堂嬸嘀咕說話的聲音會透過牆壁傳來，內容主要關於義務教育：要不要送那丫頭去學校學點國字或加減乘除之類？有必要把那丫頭送去學校嗎？不過好歹也是親戚

破果

嘛……看來堂叔和堂嬸很難在兩者之間做出結論。

如果就一直安分的待在堂叔家，至少不用擔心挨餓受凍。但是，在外表有如日據時代肺癆詩人的哥哥被少女過肩摔後的三天，少女離開了那個家。

那陣子，因為姊姊與某銀行幹部的婚事已定，也下了聘，為了準備搬到新婚宅邸，姊姊每天都忙著整理行李，揀出不要的東西，房間幾乎成了倉庫。等姊姊嫁出去，她的房間就給妳，明年春天再送妳去上學。聽了堂叔的話，少女格外興奮。姊姊要少女幫忙整理垃圾，少女進入房間時，姊姊正在分類太小或不想穿的衣服，她一一拿起來對著少女的肩膀比畫，堂叔夫婦也沒管，就這麼隨女兒去。但少女卻往後直退，說這衣服好像更適合廚房姊姊穿。事實上，她認為自己和堂叔一家應該更親近、更像家族，和廚房姊姊的地位不同。她隱約有點自負，更重要的是，她知道對姊姊來說太小的衣服，對佣人也一樣會太小。

擁有自己的房間，還可以去上學，突然多了一堆衣服和裝飾品。之前兩人共用的房間雖然也不小，但在生活水平提高後，期待也相對擴大，逐漸產生「身為親戚，有這種待遇也是理所當然，我的身分不一樣」的感覺。她感謝自己強制從豬圈裡脫離，原本再沒有多餘奢求，如今眼前卻延伸出不同角度的現實，她這才發現，自己的謙讓只是假裝毫無期待……換句話說，少女完全放下了原有的緊繃。

她以那樣的狀態早早把晚飯後的碗洗好，趁全家人吃飽在客廳看電視時，忍不住想快些享受那滿溢的快樂，於是再次偷偷進入姊姊的房間。*如果可以趕快把這個房間空出來、如果這個地方可以完全成為我的*……她在心裡喃喃自語。興奮之餘，忍不住戴上姊姊放在梳妝檯角落的戒指和項鍊。那並不是新郎送的聘禮，是堂嬸準備給姊姊出嫁時帶過去的首飾。少女相信，在那麼多飾品中，自己只是拿一件起來，戴著照照鏡子，暫時讓整個人沉浸在有點刺癢的幸福感中，應該沒什麼問題。然而，她連幸福的一小部分都沒來得及感受，就聽到佣人拔尖嗓音叫她。少女一時心虛，只想到必須趕快離開房間，結果在慌亂之際，竟把飾品放進自己口袋，而非原本的盒裡。如果在第二天發現不見、搞得天翻地覆之前就找機會把東西放回去，或至少主動還給主人，並道個歉，結果應該會不一樣。可是，在一切爆發後她卻更害怕，反而藏得更深了。

堂叔夫婦把小房間的抽屜打開，連裡頭的手帕都拿起來翻找，還是沒有發現飾品。受到懷疑的佣人又氣又羞地哭出來，而少女則一臉坦然，強自鎮定。佣人原本就因少女地位上升而感到不公，又怕被看成是嫉妒，所以一直悶不吭聲，現在則跺著腳說一旦證明自己是無辜的，領完這個月的工資就要走人。不管怎樣，堂嬸翻找了小房間裡兩人的衣服口袋及襪子，結果當然是沒有找到。姊姊說，連內衣也不要放過，應該把兩人的衣服剝光接受檢查，有教養的堂嬸聽了當場斥責女兒說，什麼叫把內衣都剝光？再怎麼說也是在同一個屋簷下吃同一鍋飯的人，怎麼可以那樣不禮貌？如果房間裡沒搜到就是沒有，被懷疑到這種地步也夠了。

少女避開姊姊疑心的眼神，鬆了一口氣。當然，就算在他們面前把衣服脫掉，除非堂嬸眼神銳利，否則也很難找得出來。金飾藏在少女的胸衣裡頭。幾個月前，佣人拿出一件有著帶子、手帕似的東西給少女，嚷著說那是夫人之前從國外不知哪裡帶回來給她的，但現在她穿太小。在那之前，少女還未意識到自己的身形出現變化，才發現隆起的胸部需要遮掩。出事時，她情急之下順勢拆開胸衣[9]，把金飾塞在兩層裡布中間。她心想，就算把衣服都脫了搜身，一般人應會注意身體，不會仔細檢查脫下來的衣物。

第二天，姊姊拉著堂嬸與未婚夫一起出去買新衣櫃，少女從市場採買回來，發現佣人去銀行辦事，也不在家。此時正是機會。

少女來到姊姊房間，想偷偷把飾品放回原來的位置，但發現房門上鎖。由此可見，他們對最近常進出的親戚妹妹起了疑心，少女頓時有種從幸福的頂峰被推下來的感受。那種混亂感很快轉變為不安與羞恥，但無論什麼都比不上憤怒。少女甚至忘了自己才是這整起事件的起因。你們算什麼？竟然這樣對我？這時正好回家的哥哥一把拽住少女的後頸，做賊心虛才會再回到現場！他一邊大罵一邊搖晃著少女，結果手裡拿著的飾品掉了下來。這下哥哥更是確定了。他大罵少女遺傳了無可救藥的父親不良的血統，是乞丐、賭鬼、騙子、小偷——舉凡他想得到的所有難聽話都咆哮出聲。他說少女身上一定還藏了東西，最好現在就全拿出來，然後開始扯少女的上衣。下一瞬間，哥哥的身體突然懸空顛倒，腳踢到了走廊天花板上的電燈。這時，因為記錯了與家具業者約定時間的姊姊和堂嬸提早返家，目睹少女呆呆地看著昏迷的哥哥與掉落在他肚腹上的電燈。見到她們驚呆的表情，少女才領悟到自己幹出什麼好事。

哥哥肩膀上有撕裂傷，腳因為踢到電燈受傷，打了石膏，還為了取出身上多處碎片及治療發炎，在醫院住了好幾天。堂嬸說，她最好在哥哥出院回家前離開，兩人不要再見面。堂嬸給了她一萬元，並沒有要她負其他責任，這是給她最後的恩惠。

少女回去時自己的家人已經不在，這並非出乎意料。距她離開已過大半年，原本的家人去了哪裡呢？是不是還活著？或是早已依序跳入水中……沒有人知道他們的行蹤與消息。

9 類似裹胸布，這個時期是大概一九五四年以後美軍駐韓時期，那個年代女性胸罩應該還不普遍。

在空蕩蕩的家門前茫然地坐了好一會兒。她才想到，除了再回堂嬸家請求原諒之外別無他法。她完全可以猜到，若回去那棟兩層樓的洋房，等著自己的會是什麼樣的現實。她不應再留戀著那裡，但少女也沒有剩下什麼自尊了。

然而，現在已經沒有公車可坐。不管是什麼人都行，少女抱持著有人可以讓她安身一晚就好的心情走著。所經之處，簡陋的木板房和帳篷相對而立，在市場邊排成一條長龍。

懷裡揣著一萬元鉅額，她心生恐懼，緊緊地把前襟拉好。來到人潮洶湧的鬧街後，她稍微鎮定，心想只要留意扒手或小偷，在這種地方走動反而比沒有人跡安全。路上都是陌生人，各自忙碌，走著自己的路，不會有人突然抓住我，想傷害我。就算有，在這人來人往的地方，一定會有誰——即使是語言不通的美軍——也一定會有誰幫助我。少女天真地想。她已經確認過這個世界對她並不親切，但依然期待在現實的另一面仍存有一絲溫暖。

經過四、五間木板房，不是美容院就是賣衣服的，再經過三間房子，看到一間像是賣雜貨的地方，堆滿刀子、帽子、背心，門前還疊了一堆配給糧的箱子。又經過兩間房子，好像是賣酒的，從裡面透出外國歌曲的聲音和彩色的燈光。少女本能覺得應該避開這種地方，但是她環顧四周，才發現到處都像同一個模子印出來，不知道該往哪個方向去才好。

這裡怎麼看都不像年輕少女應該待的地方。然而一家家酒吧之間突然出現了個小雜貨鋪，有如薄薄一張紙夾在縫隙那樣差點錯過。有個男人走出雜貨鋪，向少女招了招手。那個男人看起來比前不久被摔飛的哥哥大了五、六歲，少女害怕陌生人，不敢輕易走進店裡。雖說一旦情況不對，只要按照把哥哥過肩摔那時就行了，但少女完全沒想過自己有那樣的怪力和技術。她深信那只是自己長期以來洗衣服鍛練出的成果，當時的瞬間爆發力連她自己都嚇一大跳。然而。如果再遇到同樣的狀況，她沒有自信可以再來一次。少女躊躇著，直到看見男人的背後出現一個看似妻子的女人，才放鬆下來。

那個男人叫做流，女人叫做粟。少女在雜貨鋪一角的小房間吃了粟做的飯。

聽完少女的遭遇，流問道，要不要去自己認識的Club廚房幫忙。Club？這字到底代表什麼意義？少女懵懵懂懂，但拿著筷子的手本能地抽了一下。粟皺了皺眉，說，不是要妳喝美軍倒的酒、陪他們跳舞，廚房裡的活兒妳會吧？

聽到廚房裡的活兒這樣熟悉的話，少女的耳朵瞬間豎起。比起明天到堂叔堂嬸面前負荊請罪，這邊似乎好上一百倍。填飽肚子後，少女重新恢復理智。就算在那棟洋房前披頭散髮、光著腳趴在地上，哭喊著說回到家所有人都消失了，請他們大人大量、寬恕自己，他們應該也不會再接受少女。如今出現一個人說要給我工作，原以為已銷聲匿跡的自尊，此時又麻癢癢地悄悄湧上。我又不是瘋了，為什麼還要回去那裡？

少女穿上不知寫了什麼英文髒話的寬大T恤和長褲，揹著裝了酒瓶的箱子。這衣服是從流店裡拿的，T恤的肩線幾乎到她手肘，下擺蓋到膝蓋，少女看起來就像蓋了個布袋。她一個小小的孩子十分努力，做事也勤快，除了年紀小，俱樂部經理對她沒有什麼不滿。

她寄住在俱樂部後門對面一個房間，裡面還有幾個阿姨，其中一個說讓自己的臉看起來像回事兒也算待客的基本禮儀，並將自己的粉底借給少女，但少女婉謝了，表示自己只在廚房和市場之間往來，不會有什麼機會見到客人。阿姨說不要就算了，自顧自的轉頭面對鏡子，用厚實而鬆軟的粉撲拍打著臉。但是，看到鏡子中少女換衣服的模樣，阿姨又說話了，如果經理對妳說什麼另外有可以賺錢的門路，妳聽聽就算了。因為妳是流先生介紹來的孩子，所以絕對不能隨便對待。

快五十歲的俱樂部經理很愛開玩笑，有時讓人覺得噁心，他經常突然拍打別人的背後、肩膀或臀部，不過基本上不是壞人。久而久之，少女對那些低俗的玩笑也免疫了。以前是寄人籬下、沒有生產力的飯桶，只能任憑佣人使喚，成為付出勞動代價的工人，連不快也只能當成勞動的一部分。但現在自己的背後有流可倚靠，有如什麼保證書一般，而且感覺她能得到一些特別待遇。

俱樂部供食宿，也因此工作時常超出規定範圍。原本少女只從後門進出，搬運一箱箱的酒、加熱食物、洗碗和打掃。漸漸，在客人變多、音樂節奏更亢奮時，她會被叫到外場幫忙。她對到外場並未表示反感，因為通常流會坐在吧檯，讓她感到安心。流把雜貨鋪交給粟，不知道是不是在擴展人脈或打算構思什麼新事業，總會坐在吧檯與一群沒有阿姨夾雜其中的美軍一起喝酒，並且待很久，用陌生國家的語言和美軍熱絡交談，那種模樣不知怎麼讓人覺得他和自己是不同世界。有時他看到少女經過，會以眼神示意，後來逐漸變成用手招呼。慌張的少女如果裝作沒看到走過去，他還會開口和她說話。那種時候，一旁的美軍就會很自然地目光一齊落到少女身上，肢體動作好像在問流那個女孩是誰，或拍拍他的肩，或用手指著，少女的臉一下就紅了起來。

夜裡，少女會想著流低沉的嗓音和笑眼，一邊在棉被裡輕撫脹起的胸部，聽著一旁的阿姨結結巴巴地練著英語會話，一面進入夢鄉。但在夢裡不知怎麼總會出現皺著眉頭的粟，讓她第二天早上醒來渾身不舒服。

那天晚上，平時經常光顧的美軍似乎都休假離營，感覺非常冷清。流坐在吧檯，自己一個人啜飲啤酒，似乎在等什麼人。少女心想，今天客人少，只要在廚房裡幫忙應該就可以了。她伸了個懶腰，想放鬆一下，這時經理像平常一樣拍著她的背碎念，很閒是吧？妳命很好喔？酒稅上漲都快把人逼瘋了，妳倒輕鬆啊！少女馬上挺直身體，拿起布用力擦拭已不需再清理的碗。

經理碎念完走出去，少女無意間從經理出去的門縫看到外面站了個美軍，經理背對著門和他交談。談話中，經理的姆指往身後指了指，分明就是指向門內的少女。那名美軍探頭往裡面看。少女本想躲起來，又想到這樣好像自己做錯了什麼事，於是決定待著不動。但她忍不住斜睨過去的次數越來越頻繁。看來事不關己的流也在窺視門外，少女不出聲地以脣語問道，他們到底在說什麼？然而流不知是和粟吵架還是在想別的事，沒有回答，只是將視線從少女身上移開，自顧自的喝著啤酒。

今天沒事妳早點回去休息吧！於是少女向經理打過招呼後準備離開，再看向吧檯時，流已不在，不知是去吹風還是約好的人到了才出去。就這樣下班，少女有點失落，她想去問經理剛才在外面到底說了什麼，可是感覺又很奇怪，還是不要多管閒事的好。於是，她從後門走了。少女感覺有點失落，是因為今天的流和平常不一樣，刻意避開自己的視線嗎？之前都是少女故意不看流，為了集中工作，她還會故意把臉別過去，但是今天連她主動注視流都不理不睬。

流與粟對少女都是值得感謝的對象，少女告訴自己，她與他們之間僅有必須報恩的關係，沒有理由因他隨心所欲或依情況做出的反應有什麼大起大落，但那表情與粟出現在她夢中那張不快的臉重疊，少女感覺自己好像做錯了什麼。不知道他們夫妻倆是不是吵架了，還是粟猜到我用什麼的眼光在看著流？不可能！最近工作變得忙碌，也越來越有屬於自己生活的感覺，幾乎都沒再去他們家吃飯。但或許，流已經發現我的目光裡隱藏的情意，當成笑話與妻子一起說笑，或者是因此造成誤會，吵架了？

與阿姨同住的宿舍不用走十步就到，行進間，少女感到背後有股成年男子特有的熱氣和身影，直覺想轉頭看，卻有一隻大手先摀住了她的嘴，散發燕麥香氣的手之大，甚至可以蓋住少女的整張臉，接著另一隻結實而粗壯的手臂環抱少女的腰，扛起了她，往與宿舍相反方向的木板房裡去。

那不知道是誰的住處，一進入空房，少女就被摔在冰冷的地板。她在黑暗中直覺感到，能出去的地方就只有進來的那道門，此時那個男人正用龐大的身軀擋住那處。男人抓住少女的手臂，她想掙脫逃走，卻因為房間狹小，頭撞到了牆壁。少女慘叫了一聲，一手抱著頭，對方似乎想安撫她，卻用像是威脅的口氣說著少女聽不懂的話。*Fine. Down. Easy girl. I already paid for you.* 被震耳欲聾的外語嚇呆的少女一瞬間停止反抗，對方嘆了口氣，繼續說，*I gonna get my money worth. Deal is sealed. OK?* 在這當中，少女只聽得懂「money」和「OK」，但光是這樣，再把事情的前後串連起來，她已能充分推測出是怎麼一回事。

從黑暗中的剪影判斷，男人的體格巨大，並不像堂叔家的哥哥那樣用一手就能折斷。從胸部以下承載的重量來評斷，這樣的男人別說要用自己的力量把他過肩摔，光是要先頂起來，自己的肋骨恐怕會先斷掉，插出體外。在她慢慢掌握資訊並逐漸認清現實之際，體內的力量一點一點消失，沒有多久，少女就自動放棄。上衣被撕開前，她腦海中只浮現出一張臉。

男人抓住少女的兩隻手腕，拉到頭上，她意識到雖然不能用自己的力量將眼前這個大塊頭摔翻，仍有瞬間爆發力可將他的一根手指用力後扳。少女微弱的反擊多少有點作用，男人用另一隻手掐住少女的腮幫子，用力往鼻子集中一捏，目露凶光，說了些雖聽不懂但分明是罵人的髒話，把被壓住的少女上半身稍微抬起。手指被扳彎也只能造成對方一點肌肉痛罷了，她悄悄嘆了口氣，而在那短短一瞬間，男人出現了破綻。少女的手在地板上亂摸，抓到一根像叉子的東西，她摸到粗糙的粉末粒子，聞到輕微的鏽味，應該是從某只鐵罐或鉸鍊上掉下來的金屬。比牙籤長、比筷子短，可能是用來做下酒菜串燒的叉子。少女還沒有想到可以怎麼用，以本能先塞進袖中，比任何時候都要沉著的深呼吸。

少女的反抗撩起男人的勝負欲，他不知從何處取出一把小刀，將少女上衣剩下的部分全部割開。不管他是在氣頭上，抑或個人取向就是如此，少女有預感，接下來他毫無疑問會用那把刀把自己亂砍一通。於是她側身往旁邊閃，但是大腿以下被男人牢牢壓著，無法再多扭動身體。少女的預感沒有錯，她的頭才剛往旁邊轉開，那把刀就落在原本腦袋的位置，插上了地板，切掉了一部分頭髮。下一波攻擊她無法避開。男人嘴裡發出似乎更惡毒的謾罵，想把刀子拔出，少女一甩手，從袖裡拉出剛才藏的叉子，搶在刀子二度落下前將叉子往男人臉上猛插。此時男人恰巧張大了嘴，叉子簡直是直插進喉嚨，他連慘叫都沒來得及發出，當然也無法再罵人了。他就那樣一手握刀，另一手抓住脖子，兩眼上翻，身體往旁邊倒了下去。少他幾次伸手想要拔叉，但那個東西不知是插到了肌肉或骨頭的哪裡，要拔出來並不容易。少女打從一開始插進去的力道就不輕，一個逐漸失去意識的人想拔出來可沒那麼簡單。男人還未完全斷氣，只是瞪大了眼睛顫抖著。瞬間，少女突然猶豫了起來，萬一把插著的叉子拔起，會不會立時噴得整個房間都是血？那麼自己也會渾身血淋淋。這名在痛苦和恐懼中掙扎的男人看來是不能動彈了，要不要去叫人來幫忙？應該不可能。該主張自己是正當防衛嗎？還是……

乾脆就這樣逃走？

對方是來協助保衛我們國家的外國士兵，即使沒有掛在脖子上噹啷噹啷響的道德標籤，他和在這個區域出入的外國男性一樣是有恩惠的人。少女明白，不管自己做什麼決定，都不會有人諒解她當下其實別無選擇。

那麼，流呢？

不管怎樣，只有流了。

現在就飛奔出去，求流來幫忙救救差點被我殺掉的人，他一定不會拒絕。他的雜貨鋪離

破果

這裡並不遠。

可是她想讓流認為她是個善良的孩子。

即使只是撿來的緣分。

與其承受被誤會的冰冷眼神，不如逃得遠遠，再也不見到流，會不會比較好？

少女掙脫男人扭動伸向自己的手，在窄小的房間裡閃躲，等待男人停止呼吸。萬一現在就逃出去，結果他沒死透，反而復活，那會變得很麻煩。男人似乎已經放棄抓住少女，拖著癱在地上的沉重身體想去把門打開，緊閉的房門必須從裡面用力拉才開得了，在那之前，還得先起身把橫打的鎖頭抬起才行。男人使盡僅剩的力量，抬起上半身，好不容易搆到鎖頭——就在他把鎖頭抬起的瞬間，少女舉腳狠狠踢了男人的腰，男人像扒下的熊皮一樣軟癱在地，眼睛還是瞪得大大，卻再也動不了了。

門自動打開，流就站在那裡。

一看到流，少女全身的血液直衝腦門。這一瞬間，她比剛才差點慘遭男人毒手更感絕望，但不知怎麼，她卻哭不出來。

流聽到了什麼？他是什麼時候來這裡的？為什麼不出手相救？這些問題她都來不及問，只是先急著喊了起來。

不是你想的那樣，是這個人先……我……

流伸出一手摀住少女的嘴，一手食指放在自己嘴前，做了「噓」的動作，他仔細觀察倒在腳下的男人和插在他嘴裡的叉子，口裡流出的血，再環顧房內一周，喃喃自語說道，

——挺有天分的啊。

瞬間少女以為自己聽錯，抬起頭看著流，流似乎不是在安撫，而是真心稱讚少女，臉上帶著充滿感嘆的微笑。

——乾淨俐落，而非歇斯底里打到死……妳宿舍裡的東西多嗎？

少女直覺地搖搖頭。她的衣服只有兩件輪流換穿，得到的工資都藏在枕頭底下，準備將來有一天可以還給粟，除此之外她什麼都沒有了。不知是真心如此，抑或想刻意營造淒涼感，她每天只倚靠最基本的生存條件活著，即使再珍貴的記憶她也不會用雙手拾起、收藏。萬一真有那樣的回憶，裡頭也只包含流和他的家人而已。

——妳先去雜貨鋪，照我老婆對妳說的做，這裡交給我處理。快去！

流推了推少女的肩膀，她根本無暇思考這是偶然還是流的計畫，腦中一片混亂。但她確信，若在當下情緒爆發，她會癱坐在那兒再也無法站起來。她一邊打嗝，哽咽順著喉頭升起，使她不禁抽泣，原本衝上腦門燒燙燙的血液不知不覺回到原位，就像海中的銀魚群那樣在體內飄游。

流和粟把雜貨鋪收了，帶著少女一起離開。一個月後，少女才知道流真正的職業，而被

破果

少女刺穿喉嚨的男人，平時就偷偷將部隊裡的物品帶到市場裡變賣，後來甚至以此威脅好幾間與他交易過的俱樂部和店家，早成了大家的眼中釘。流並非原本就計畫測試少女，只是剛好知道那個男人的性取向，少女又剛好差不多符合條件。流原本的計畫只是想在男人達成目的、放鬆防備之際順手推舟，給他點教訓，沒想到最後會發展成那樣，這意料之外的結局純粹是少女自己造成。流如何處理那個男人，又如何清理房間裡的痕跡，少女雖然好奇，最終還是沒有問出口。因為她知道聽到的瞬間那些驚異和神妙就會消失，她也隱約能推測之後會發生什麼事。

她肩上扛著裝有高爾夫球杆的長球袋，打開大門，身後的無用低聲輕吠。爪角踏出門前又再次轉頭看了看無用，無用叫了一聲，但似乎無意阻止主人去某處做危險的事，只是靜靜坐在玄關內側凝視她，真是最適合與個人主義者一同生活的寵物犬。

想到什麼就要做什麼，即使只是簡單的問候，但如果現在不做就是不行。尤其最近更嚴重了，爪角常常只要一轉身就會忘了自己原本要做什麼。她伸出手，在無用的頭上摸了好幾下，一字一句堅定說道。

「我去去就回。」

堅持要活下來，**去去——就回**，表示處於手腳都還可以活動的程度，直到有一天將這傢伙從記憶中抹去，或是無法意識到牠的存在。她就這麼關上大門，轉身離開。

파괴

破果

進去辦公室時，爪角的眼睛瞬間睜大。接待桌上放著一個公文箱，裡頭還露出羊腸一樣的東西。公文箱裡不只有羊腸，還有五萬元面額的鈔票堆，兩個人隔著公文箱面對面坐著。一邊是雙手交叉抱胸，蹺著二郎腿的五十多歲女委託人，另一邊是海牛。海牛看著委託人面前冷掉的咖啡，臉上的表情是非比尋常的苦惱和煩悶，似乎強忍著想馬上取出公文箱裡的內容物扔到委託人頭上的衝動。海牛對爪角行了個簡單的注目禮，但整個心神還是放在對面那個渾身綢緞的中年女性身上。

「我是相信你們孫室長說的話才來的，但這可不行啊。你們到底要不要負責？」

委託人的抱怨聽起來更像在咄咄逼人，但實際上，她顫抖的嗓音裡透出緊迫和焦慮，與臉上不耐煩的表情很不搭。這件事海牛也察覺到了，她應該有先去其他可以委託的地方轉了一圈才來這裡。

「既然室長都那樣說了，我們當然會接，不過還是得仔細研究過再和您聯絡比較好，這不是私下協商好就行的事啊。」

「那我就把這個先放在這裡，今天之內和我聯絡。」

委託人戴上太陽眼鏡，拿著車鑰匙噹啷噹啷站起身，突然像發現大獎似的擺出房地產仲介估價的姿態，上下打量站在辦公桌旁的爪角。那一瞬間，爪角感覺與委託人四目交接，透過深色的墨鏡，仍掩飾不住委託人驚詫的眼神。為什麼在這種以上流階層客戶為主的防疫公司有這樣一位老太太？長得既不像委託人，也不是防疫者。委託人微微歪頭，一臉不明所以。若是在十年前，看到委託人露骨地表現出這樣不信任的眼神和姿態，就算不是爪角自己負責的案子，她也會在現場刻意製造出聲響、耍弄摺疊刀。她玩轉刀子的技術讓人感覺刀子就像身體的一部分，以此先發制人，壓制對方的氣勢。但是沒過多久，她就發現那樣賣弄沒什麼用。年輕的時候，對手會因為她是女人投以不一樣的目光。但不論年齡或性別，都只是增加受輕視的理由罷了。

委託人踩著高跟鞋下樓的聲音漸行漸遠，海牛關上錢箱。

「以為有錢就什麼都能做到，是這世界上我第二討厭的事。當然，第一討厭的是做得半死又沒有錢拿。她一進來就蠻不講理地把皮包一甩，說什麼早就事先和室長講好，我又沒收到通知，是要怎樣？自以為付了高額委託費用就一副了不起，她根本不知道我們的客戶都是些什麼層級的人，更想像不到什麼才叫做高額委託費啊！」

海牛叨叨咕咕地碎念，爪角不禁失笑。

「她那樣是沒什麼品，不過那種客人也不只一、兩個啊。」

「一看就知道是個暴發戶，都寫臉上了不是嗎？看她手指、脖子掛了一堆叮叮噹噹、閃閃亮亮的東西，不管再怎麼耀眼，放在她身上可是一點都不搭。」

「是啊，看來孫室長最近和長輩們的關係不太好。那種人又是從哪裡撿來的啊？」

「我怎麼會知道，反正知道了也沒用，不過教母您也很清楚，不是因為孫室長社交手腕不好，所以長輩們很少來，也許是時代不一樣了吧……現代人頭腦好、眼明手快，社群網路上充滿了肉搜大隊，以前的防疫方式已經行不通了，昨天用過的今天就別拿出來，還是毀了或收起來比較安全吧。」

暴發戶委託的防疫目標是四年來敲詐勒索自己女兒的二十九歲牛郎，聽到這裡，爪角心想，就這麼點小事，有必要把人像拿面紙擤鼻涕一樣除掉嗎？而且這差事交給業界一般小徵信社就可以了，把人抓來埋在土裡，只露出顆頭，肯定就嚇得眼淚鼻涕直流，甚至失禁昏厥，最後他就會自己消失了。

「看來是怕她的寶貝女兒會不吃不喝。反正髒的是別人的手，八成以為和撣灰塵一樣輕鬆吧，那種人皮包裡不知道有多少定金，但家務事就在自己家裡解決啊。手嘛，反正本來就沒多乾淨，再沾上一層髒東西是也不會怎樣，要耍下三濫的招術我也是可以，不過暴發戶不是很揮金如土嗎？我恐怕不行。」

「啊，如果教母可以做的話，我當然很感謝，但沒有真的要用下三濫的方法。」

表面事實是：女暴發戶的女兒被牛郎迷住無法自拔，實際上是女兒藥物中毒相當嚴重，暴發戶曾找了幾間小徵信社委託他們去處理一下牛郎，但實際調查之後，才知道那個牛郎隸屬一個主要經營娛樂經紀公司和酒店的大組織，他只比最底層的小嘍囉高一階，而且是拿著不知如何取得的某部門組長名片，到處招搖撞騙的小混混，理由是「因為大家不敢隨便碰組織所屬的人」。因此，他們連續找了三處都吃閉門羹。如果進一步突破人際關係，或是勤勞一點多跑幾個地方，或許還是可以找到與組織私下保持隱密且互相牽制的企業。

然而，就在此時，被關在醫院裡戒毒的女兒在醫院注射藥物後休克死亡，失去獨生女的女子此生頓時只剩一件任務，就是找出最初供應毒品給女兒的人，採取報復行動。後來又經過三次輾轉，終於見到據說與該組織也有點淵源的孫室長。

只要像往常那樣不管三七二十一，不需問也不追究，只要處理即可。爪角卻突然想起藏在那副大墨鏡後方深濃黑暗中的眼睛，她想像著那個刻意張揚著自尊心的女人，或許，她的眼裡還存在著並未斷念的絕望與衝動。

可是爪角突然因孫室長的承諾而失聲大笑。有緣分個狗屁！要拍馬屁也該有個限度，這傢伙完全沒有什麼是靠自己累積的，不過是在老爸幫忙擺設好的座位上坐著大吃大喝罷了。

「那麼去跟孫室長說吧，雖然不知道我印象中記得對不對，但就我所知，那娛樂公司的老闆以前曾受過孫室長父親幫助。方法我自己會看著辦，念在過去的恩惠，就只斷他一條腿，請睜一隻眼、閉一隻眼，再和我聯絡吧。不管是恩惠還是胡說八道，只要把嘴巴弄乾淨，短時間就比較不會再看到藥[10]，交易商大概有兩家做不下去了。」

---

10 指毒品。那個組織應該有販毒，但因為這件事需要先低調一陣子。爪角要孫室長先向他們說一聲的意思。

「在這種時候，我們公司裡有這種有辦法的人果然最棒了。那麼和孫室長安排會面時教母也一起出席嗎？」

從海牛一臉「得救了」的表情看來，最開始應該就是決定不管是誰，總之請她幫忙牽線。這件事從她的反應看得一清二楚。

「看看我這張臉、這身材，不管穿得再講究，出去都是反效果。我曾經很受信任，也很搶手，這是因為我不太喜歡出現在那種場合。有時呢，不看會比較好。那種程度的會面孫室長自己看著辦就行了，總不能什麼事都幫忙擦屁股啊。」

「是，我知道了，不過為什麼突然改變想法？」

爪角沒有回答，而是拿著委託人留下的皮包和資料揮了揮，

「講完了就打給我。我也會做準備的。這種事……那傢伙應該不會做的，所以正適合我。」

沒頭沒尾地聽到「那傢伙」三個字，海牛露出有點驚訝的表情，但很快又點了點頭。

「那倒是。他最近很忙，聽說正在做什麼為期一個月的長期計畫。」

「我又沒問妳。」

爪角在作業前曾考慮過要不要和委託人私下見一面，但她很快就打消這個念頭。上次那個女暴發戶已輕蔑地打量過爪角，再找她討論防疫之事只會讓她對公司的信賴感下降。在外表上，爪角看起來已不像有能力的核心防疫者，作業時想要藉由變裝掩蓋臉上密布的老人斑，或抵抗歲月在眼角與額頭上深深刻印的陰影已沒那麼容易，甚至可以說是徒勞無功。這個差不多快油盡燈枯的老婦人還會有什麼能耐，可解決正值盛年的年輕男子？暴發戶的懷疑完全藏不住，表露無遺，所以爪角沒必要再讓委託人產生「是否白花了錢」的不安感。

還有一點：如果爪角順利完成防疫作業，她有一種預感，那人十之八九會自己離開人世。假使委託人的家人不是自然死亡，精神將受到極大的傷害，就像近距離注視著與果肉分離的蘋果皮，或類似這種的生命殘渣或殘留物。

那個悲傷的深淵雖藏在厚厚的墨鏡後方，但她捕捉到的眼神卻像是失去支撐、毫無定所的攀緣植物，而非原來該有、炯炯有神的瞳孔。

四十五年來，她經手了無數業務，雖然大部分防疫對象都有家人，但她從未對其家人有過任何感受。事實上，也沒有這個必要。在那段不算長的日子裡，她曾試過夾在流和粟兩人中間組成一個奇怪的家庭，也曾在某段時期與流兩人一起度過。但不管是哪種方式，都與一般不同。即使依賴著流，視他為這世上的全部，但對他來說，感受到的不過就是執著與愛情交雜出的情緒。如果認為會這樣是血緣的問題，那麼，那個在她肚子裡養了九個半月的孩子，臍帶還沒掉下就落入海外領養仲介手中，她則得了乳腺炎，而且惡露也尚未清理乾淨，卻馬上為了掐住某人的脖子而在深夜握緊方向盤疾駛。

她沒有想過要與某人分享自己的人生——這種人生多少有些不對勁。又或者，因流身為雜貨商的喜怒哀樂太過微不足道，沒什麼好說。

如今新生兒的照片完全變了色，已無法辨認其臉部形態。照片破損時，她將之放入爐內，看著變黑蜷縮的照片，不僅沒有對這個場面有任何悔恨，也了解到，那種經常看著孩子的照片、摸摸孩子的行為，說不定不過是生物層面的「母親」會有的罪惡感、悲傷或想念融合後的表現。

然而，如今她卻發現，在他人眼中築巢安身的空虛，與她因此產生的憐憫，竟是對所謂骨肉二字的重新定義。

如果這不是衰老的徵兆，要怎麼解釋這種呼應呢？

目標對象的那個組長，身分像是隊長和隊員之間提供策略的人，至少從他單獨住在大樓判斷，並不是特別低下。在那裡營運的觀光飯店夜總會沉浸在寂靜之中。距離一百公尺遠的地方有一棟沒有招牌的辦公大樓，隊員全住在裡面。策略者的住所在離辦公大樓約一公里的地方，從隊長以下就不知道住在哪裡了。不過她沒有想過竟是在和部下離得很近的地方。

爪角在住所對面的便利商店握著早已涼掉的蜂蜜茶紙杯，一直注視著那兒。進入作業已經三天，目前為止，組長的工作或動線的平均頻率都還沒有出來，使她處於焦慮狀態。如果想要盡可能不留下踩死蟲子的痕跡，就得在那傢伙上班之前行動。但是當事人不知道是不是長期出差，住所附近完全沒看到身影。聽說和那傢伙同住的還有兩個親弟。中階幹部起初施壓，表示將按照內部規定採取措施，要求不去干涉，孫室長拿出父親的王牌，經過再三考慮，最後提出不在他弟弟面前進行的條件。其他職員對此一無所知，後來又通知說，不管要不要合作，諸如此類的事自己看著辦就好。在組長的崗位上會站他那邊的人太多了。於是乎，中階幹部警告道，如果公然做出降低自己營業場所價值的事，反而會遭到報復。由於組長家裡還住著年紀幼小的弟弟，因此就只能埋伏了。

因為僅僅隔著兩條車道的距離，時常需要變換埋伏位置、觀察進出該處的人。但那傢伙似乎得到了什麼暗示，一直沒有露面。現在進入第三天，聽說暴發戶開始打電話到公司詢問進度。如果實在不行，或許得假扮成快遞之類的人，那麼就迫不得已只能在年幼的弟弟在時進行了。

某個老太太總是背對著櫃檯凝視前方窗外，用一杯蜂蜜茶消磨時間，絕對會引起工讀生的注意。每條陳列架的走道都有監視攝影機，但不至於仔細到連飲水機也照得到。他們會懷疑難道是沒有可偷的東西嗎？為什麼要待那麼久，是想讓同一個人再多看一遍嗎？萬一被記住了臉孔，實在沒什麼好處。

然而，就在她突然抬起頭時，看到別墅那邊的巷子走出一名二十多歲、不到三十的男子。是那傢伙。

爪角還握著紙杯就直接推開便利商店的門走出去。那人頭髮上什麼也沒抹，瀏海自然塌下，覆蓋前額，雖然穿著普通的運動服，但確實是那個傢伙沒錯。爪角一手仍握著紙杯，另一隻手伸進棒球外套的內袋，摸到了巴克刀，慢慢縮短與他的距離。那傢伙往這邊走來，啊！是來買香菸的。因為爪角離便利商店並不遠，所以就先讓他擦肩而過。他的裝扮並不像要外出去哪裡，只是買包香菸就會再回到住處。可以的話，就在目前還沒什麼人的住處內解決，在那傢伙上到居住的三樓之前，在樓梯間迅速解決了事。

爪角把紙杯裡剩下的蜂蜜茶喝得一滴不剩，直接一捏放進另一邊的口袋。

組長將裝著兩包香菸和幾罐能量飲料的塑膠袋掛在手上，雙手塞在運動服的口袋裡，看起來像是前晚喝多了的模樣，搖搖晃晃地走著，爪角則保持著適當的距離尾隨他。那人隨便看了一下沒什麼車的雙線道，突然直接穿越馬路。在背後跟著他的爪角落了一拍，也正想過馬路時，卻不知從哪裡冒出一個老人，推著裝滿回收廢紙的推車突然撞到組長，兩人之間的距離就這樣被拉開。嚴格來說，不是推車也不是人，而是原本就搖搖欲墜的廢紙堆有部分倒下，壓到他的肩膀，他喊了一聲「媽的」，在半嘆息半咒罵的聲音中反射性揮了揮手。

因為支撐著鬆散廢紙的橡皮筋斷了，原本就岌岌可危、搖搖欲墜的廢紙箱和塑膠等物品傾瀉而下。組長似乎也不想找老人的麻煩，轉過身欲離去，但老人在廢紙倒下時無法阻止，最後整堆像骨牌一樣接連倒下，連推車都倒了。最後，老人好不容易扶起傾斜一半的推車，開始把掉在地上的東西都重新裝上去。不知不覺，兩線車道上停滿了車，喇叭聲響個不停，推車和散落的廢紙箱、回收塑膠品幾乎占了車道的一半。開著標緻汽車的男子搖下車窗罵人，對向車道緊急剎車的賓利女駕駛則默默等待情況平息，依然難掩滿臉的怒氣。

對於在馬路中間遭遇意外，又被那些受到波及、感到不便的不滿司機指指點點，老人似乎已經習慣了。不管他們是叫罵還是狂按喇叭，他都帶著泰然自若的表情，不急不徐地把掉落的回收物整整齊齊再裝上車。原本已裝好的部分其實也不夠緊密，隨時會鬆脫，所以他又再次重新堆放了幾次，不過依然掉了一些。這樣反覆的動作簡直像是要刺激駕駛的理智線。即使他似乎能自己安然度過難關，並不是非幫助他不可，爪角仍在下一刻以飛快的速度把紙箱收集起來，再放到人行道上，就這樣來回了五、六遍。

「大叔，把推車先拉到這裡吧，快點。」

這下老人才一副迫不得已的模樣開始拉車。迎面而來的車輛彷彿恨不得要輾過遺留在馬路上的廢紙，悄悄鬆開剎車，蓄勢待發，但爪角隨即衝上馬路，把剩下的廢紙收集起來，讓駕駛無法如願。

直到撿起最後一張報紙，汽車才驚險地掠過爪角腰側，加速前進。原本塞滿車的兩線道在車子都經過後，又恢復成車輛稀少的寧靜道路。

「哎呀，真是太謝謝妳了，大嬸。」

「現在您可以在這裡慢慢整理。要是像剛才那樣站在車子前面，把馬路都擋住……」

……當然會引起人們的抱怨啊。爪角把後面這句話吞了下去。老人似乎有一隻腳不太方便，行動不便，並不是把這件事當成興趣，而是為了賺錢才去做。爪角一語不發，默默幫他整理廢紙，又搖了搖頭。本就狹窄的人行道被廢紙堆擋住，便利商店的工讀生出來瞟了瞟，不斷給臉色看，人行道上往來的行人有的皺著鼻子從旁邊閃過，有人則是連想都沒想，直接踩著紙箱走過去——還差點踩到爪角正好伸出去的手。只是走動的人都會盡量避開，或在經過時悄悄地用腳把箱子踢開，有些人推著輪胎大如坦克的嬰兒車，嘴裡嘎吱嘎吱地嚼著口香糖，等著箱子收拾好，讓開一條路來。

直到最後一個紙箱收完，嬰兒車才輕輕擦過爪角的背離去。爪角看著推著孩子的人逐漸遠去的背影，喃喃自語。

「如果能幫一下忙就可以更快離開了。」

不管怎樣，她把斷掉的繩子編成一條條，固定住廢紙堆。老人出聲回答。

「別提了，那種人可算是貴族啊，什麼話都沒說，只在一旁等著。這個社區的人呢，只要不亂罵人就謝天謝地了。」

推車上再次聳立起一座巨大的山峰，爪角很擔心，不曉得老人抵達回收站前那座山是否能繼續維持現在的狀態。可千萬別又像土石流一樣傾瀉而下呀。

「謝謝妳啊，大嬸。」

「我看這輛推車似乎快撐不住了，這樣一車到底可以換多少錢啊？」

「大嬸也想試試看嗎？看不出妳也會想做這個。」

「啊……我不想成為兒子兒媳的負擔啊，我想說自己可以勉強糊口就好。」

爪角像講玩笑話似的笑著。

「近來廢紙的價格簡直比堆肥還不如，像這樣……大概有五十公斤吧，大約可換個三千元，一公斤差不多六、七十。既然有兒子可以養妳，還是不要來做這行比較好。」

「哎呀，我不會搶您的地盤啦！我也不住這個社區啊。」

爪角幫老人把推車的把手掛在腰上，拍了拍他的肩膀。

「小心慢走啊。」

「好，大嬸，祝妳也有美好的一天。」

老人從視野裡消失後，爪角收起嘴角的微笑。為了幫助行動不便的老人家，她不只錯過了防疫目標，還因為和路過的人對話，連臉孔也曝了光。她在這條街和便利商店耽誤的時間太長，所以明天不能繼續守在這裡進行監視，必須換其他管道接近目標。如果不管廢紙全倒或老人被車撞、跛了腳，如果她都視而不見，繼續跟蹤目標，此時防疫作業早已處理完成、離開現場了。這下子等於一整天都白費力氣。這份委託雖不是分秒必爭，依舊因外部因素的闖入而耽誤，按照她過去的標準，這次的作業已算失敗。

為什麼要在這麼重要的時刻跑去幫助別人、錯過目標？只因為那是個行動不便的老人嗎？看到與自己年齡相仿的人在馬路上不顧危險、連一張報紙都不肯放棄，所以自然而然產生憐憫與認同？但是她以前從未做過那種事，不也好好地活過來了嗎？而且甚至可以說是她的本能，或許與人共鳴的能力多少有點下降，但也得以生存下來。然而，現在她卻無法不當一回事地直接從旁經過，不但把摔倒的人扶起來，還幫他把東西都收拾好，這種事實在是浪費心力。但是，人不是原本就該那樣的嗎……

雖然組長不可能永遠關在家裡大門不出、二門不邁，只要再多花幾天時間就可補救，但對於自己瞬間的判斷力與行動居然和普通人如出一轍，爪角一直耿耿於懷、急躁煩悶，不住咋舌。

嘖！

突然，她覺得這聲「嘖！」不是從自己嘴裡發出，而是從某個地方傳來。爪角不禁冒出一陣寒顫，環顧四周——便利商店的玻璃門關著，工讀生早已回到櫃檯內做著自己的事。附近沒有其他行人，在聽力已不如以往的情況下，她也知道不是慘叫聲也不是音樂聲，只是短促的一個「嘖！」可是，卻彷彿像是有人朝著自己的耳朵吐口水那樣清晰。說不定只是幻聽或根本聽錯，然而其中好像蘊含著明顯的厭惡和輕蔑，她加快腳步。就在剛剛，兩棟建築物之間的狹窄巷道似乎有人影出現，她迅速移過去，只瞥見一片灰色衣角消失在巷子盡頭，而Fougrer薰苔調的餘香還留在現場，她微微搖了搖頭，

那小子？怎麼會？

接下來幾天沒有什麼特別狀況，確認好作業執行地點和目標住所的動線後，她有點猶豫。如果停留在人不多的兩線道馬路上，等於是在周圍商家前露出臉孔。她是可以移到向來至少有兩名以上同事待命的作業地點，雖然那通常會是新手，承擔著確保那傢伙地盤的風險。最後，她選擇前者。在身體比腦子動得快的情況下，如果連猶豫的時間都沒有，她會直接選擇後者——當然還是要視當天情況應變。但是，現在的情況不一樣。

不管怎樣都不能讓委託人等太久，兩天後，她再度出現在那傢伙的住處附近，又換了一套衣服，還戴了帽子，站在便利商店櫃檯裡的不是之前的工讀生，應該是換班了吧。那人看起來像店長，認不出她。附近不管是中餐廳或便利商店的人都跑出來了，圍在一起吵吵嚷嚷。她停下腳步，但當她看到眾人圍著一輛空推車時，胸口突然感到一股怪異的不安。

「我一看到就立刻打電話，我又不知道對方的情況如何，要在這裡使用只在電視上看過的心肺復甦術救人嗎？萬一肋骨斷了跑出來，不就要怪我嗎？屍體不是已經送到醫院，你們為什麼還要回到這裡盤問？這裡的生意已經夠難做，我本來打算把店頂出去，如今卻在我的店前面發生這種事，那還有誰要頂我的店啊？」

那人一開口就滔滔不絕、吐露不滿，看樣子果然不是工讀生，是店長。反正這裡已經聚集了很多看熱鬧的人，再多個一、兩個也不會引起別人注意。於是，爪角像其他路過看熱鬧的人一樣在人群外圍徘徊，裝作不經意地斜眼注視，就算這世上的推車都長得一模一樣，但她前天親手扶起的推車只有一輛。

過去，她面對過無數人的死亡，其中不乏前一天才笑著見過的人，隔兩天再見卻是遺像，那些人大多由她親手送走。然而，像這樣在日常生活中毫無私交，就連最基本的關連也無，只是偶然接觸，卻在隔天留下這樣破舊又巨大的「遺物」。這種相遇，她從未有過。但以她的年齡來看，這種狀況或許日後會漸漸習以為常，但她一直極力控制，不在生活中發生這種相遇事件。

「請您不要生氣，我們已經去過醫院了，老闆您剛才說的我們也都知道，但是經過仔細檢查，發現那位老人家好像不是因為單純的心臟麻痺過世，所以我們才會想說來了解一下。您在附近有沒有看到過什麼可疑的人？」

「哪有什麼人呢？他自己一個在附近嘎吱嘎吱推著車，倒下時連一滴血也沒噴出來，我還以為他只是沒力了才會那樣……如果不是單純的心臟麻痺，應該會另有外傷吧？不過那種事我們一般人也不會知道啊。」

她很清楚能不留任何外傷就讓心臟停止跳動的方法，對她來說，那是很久之前極盛時期可能會用的方式，現在根本不會想到要那樣做。雖然不是隨便什麼人都會用，但如果攻擊穴位準確，要致人於死也不是不可能。

也許是便利商店老闆不斷抱怨，便衣刑警不方便再向一般民眾透露案情，要不然就是與案件無關，純粹只是個人興趣，便衣刑警草草表達了感謝後準備離開。這時，便利商店老闆指著丟在店門前的推車大聲說道。

「欸！這個要怎麼辦啊？這真是……我已經夠倒楣了。」

「這個是證物，會有其他組的人前來扣押，在那之前請不要亂動，就先放在這裡好了。」

「這算什麼？你是把這裡當成什麼命案現場嗎？要在我的店前面圍起封鎖線是不是？」

「如果是他殺或車禍現場的確會那樣做，但若是走著走著自己倒下……老實說，現在想要在現場發現什麼恐怕也太晚了。當時不只是您，不管誰看到都會以為只是一般病人吧。我們也只是心證而已，並沒有真的確定是一起命案，所以老闆您也不用太在意，照常做生意就可以了。」

刑警離開後，商人開始抱怨，說這裡不是命案現場，只是有人經過倒下而已。雖然沒什麼可擔心，但店鋪已無可避免給人留下不好的印象，為什麼偏偏要在這裡倒下，給大家造成困擾呢？大家你一言、我一語地說著。這是否真是一起案件？警方這樣含糊其辭的態度也讓大家失去了興趣，不久就各自散開，回到自己的店裡去了。

爪角好像被一隻看不見的手揪住頭髮，差點跌倒在地，她強忍住眩暈，與其他路人步調一致，盡量以最自然的姿態和速度離開。都出動了便衣刑警來探問，可見老人並非自然死亡或單純意外致死——他是被殺的。但是誰幹的？是前天那個沒有規矩的組長嗎？他應該不太可能在路上惹是生非，如果真想找老人麻煩，不管那天路上那輛進口車有沒有按喇叭，他都會在馬路中央抓住那個老人的衣領。

她的腳步漸漸變快，還沒有想到要走去哪裡，但不管在哪兒，總之要先到不會受人注意的地方比較好。爪角覺得自己過度換氣。她急著在口袋裡摸索，想找塑膠袋。如果那起事件真的被警方判為命案……萬一工讀生又提及拉著推車的老人前兩天和一個老婦人交談了很久，那麼警方遲早會從周邊的監視器中找到線索。她完成防疫工作後，馬路邊的監視器一定會被調出來採證，雖然最多也只看得出大概的背影，根本看不清服裝打扮，但若是之前和老人一起談話的位置……她在那裡停留了很久，臉孔當然也全曝露了。

爪角眼前一片朦朧，再也無法走動，只得停下腳步，轉身進入一棟公寓套房的地下室，拿出塑膠袋慢慢往袋裡吸氣。地下室是間啤酒屋，白天沒有營業，建築物整個昏昏暗暗。

她一邊調節呼吸，一邊想起鬥牛——他有空手道四段，或許對特工武術也很熟練。他消失在巷底時殘留的 Fougrer 香氣至今好像仍刺激著她的鼻子。那小子到底在搞什麼？他自己不也是很忙嗎？如果他只是要讓看不順眼的老人早點退休還有很多其他方法，為什麼偏要用這種方式？

但就轉移她注意力、致使作業失敗的目的來看，這是個優秀且成功的計畫，不過也許對那小子來說只是無聊消遣。一想到自己對那小子來說不過是用來解悶的人，在不快之餘爪角突然有種茫然感。她反反覆覆揣摩他的意圖又放棄，原本下定決心要為這幾天的失策善後，那份意志力突然變得像洗米水一樣又糊又稀。

——教母您怎麼了？怎麼會現在才說想把這件事交給其他人來做？先不談接觸失敗，您說您的臉孔已經曝光，這難道不是反應過度嗎？不是啊，您到底是看到了什麼可怕的東西，弄得這樣氣喘吁吁的？一點都不像您啊。還是患了狹心症？您一點也沒有透露，我還以為您身體狀態沒問題……要是萬一失智了，一定要老實說出來啊。像是該拿刀子去現場卻帶了湯匙或叉子之類，如果發生了，就痛痛快快說出來吧。之前因為失誤不小心帶了茶匙或牙籤，但總算隨機應變拿來代替刀子使用……那些我全都知道，難道還要再來一次嗎？……啊，那個就算了。我知道了，反正這條管道的確是打通了，得到了默許。不管怎樣，我會再找其他人，教母您還是去醫院看看吧。這次不要亂來了，看看身體到底是變成什麼樣、日常生活是否可以自理……如果想證明身體狀況還是很好，可以繼續做這份工作，就請您拿診斷書過來吧……是，這個問題以我的權限無法處理，不可能不讓室長知道啊。把診斷書拿來，簽好保密協定之後我再把錢結算給您。教母之前累積得很多，可能無法一次付清，說不定必須分期支付……啊，那個也不是我能決定的，是，那麼就請您盡快吧，雖然對您說這種話很抱歉，但如果出現精神恍惚的狀況，應該要有人在身邊照顧您比較好吧，而且身邊也要有錢啊……總之，在發生無法挽回的事情之前，請盡快過來吧。

之前海牛對公司最年長資深的創始成員算是禮尚往來，但沒有必要也不會哈腰鞠躬，雖然偶爾會有些言行舉止不合乎身分年紀，反正也不是自己的女兒，所以爪角就當眼不見為淨。這次爪角不但中斷作業，還完全放棄、不再插手，海牛的口氣就明顯不客氣了。她對剛開始防疫工作、第一次作業就徹底失敗、落荒而逃的菜鳥態度還比較好呢！爪角認為，不管是精神恍惚或關於支付費用，都不應該這樣大剌剌地說出來。在對話的前半，爪角可以感覺到她對任務失敗極度失望，所以有點歇斯底里，話越說越長，到後面幾乎可以確定她的意思就是：也該把顧人怨的老人收拾一下、大掃除房間並噴個除臭劑了。

但是，即便海牛說話那樣不客氣，爪角也無法反駁。她連翻白眼的餘力也沒有，腦中只充斥著一件事：

那個小子到底想做什麼？

雖然爪角之前撂過狠話，說如果在防疫作業中遭受妨礙，她會順手除掉阻礙物，但她沒想過真會碰到這種情況。可是更讓她感到毛骨悚然的是，就算那個傢伙沒有妨礙、沒有殺害無辜者、造成騷亂，她也懷疑自己是否能再追擊錯失的防疫目標，並完美解決。想到這裡，她更猜不透鬥牛想要什麼。老奶奶瞧不起我對吧，我可是這種程度的人啊——若是這種想法，那麼他這舉動根本是幼稚拙劣。他不該找一般無辜的路人，應該直接搶走目標、先聲奪人，這樣會帶給爪角更強烈的精神壓迫，再加上她因史無前例的失態陷入恐慌，最後內心崩潰、落魄退位。不過，這樣鬥牛其實也得不到什麼好處。正值最活躍時期的小子以垂垂老矣的老人為目標，還陶醉在勝利感中，又有什麼好處？只不過是往自己臉上吐口水罷了。

但她也無法證明一定是鬥牛做的，更不想去問那小子答案——不只是不想和他接觸，更不想知道從他嘴裡會說出什麼話、不想知道打開他的腦袋會出現什麼想法。這感覺更趨近某種不祥與恐懼。如今爪角眼前最要緊的，是依照海牛的吩咐去一趟醫院。雖不到十萬火急，但她覺得與其待在家裡，對著無用自言自語發神經，不如去找張醫師，談談自己現在的狀態恐怕無法執行防疫，請他開診斷書，這樣更有建設性。

파괴

爪角的手握緊又放鬆了幾次。緊貼目標物本身就讓人恐懼，雖不常發生，但她有時會被場所及對象的妄想影響，差點誤事。換句話說，比起自己現在的狀態，她原本想講得更誇張，讓診斷書連人格解體（Depersonalization）[11]這種戲劇性的內容都寫進去。但此時爪角失去了原本來這裡的目的，成為一個不過因為感冒或腹痛之類小症狀前來的病人——因為，此時她面前坐的並非張醫師，而是姜醫師。

當然，姜醫師一看到這位老婦人就會想起一切——沒有人來過這裡，我什麼都沒有見到——不管之前再怎麼斬釘截鐵地承諾，一個凌晨時分在診療室內打破點滴瓶、大鬧一場的老婦，以及她充滿工具的衣服內袋，要對此完全沒有印象是很困難的。但他只在看到爪角的那一瞬間略睜大眼睛，隨即裝作若無其事，露出微笑，輕輕點頭示意。看到那副模樣，爪角心想，這個人就算不知道自己的職業，應該也能猜到一點。就算她不說明緣由，也許還是會幫忙寫份有用的診斷書。

不過，她一坐下來卻只說自己吞口水時喉嚨有點痛，事前條列出來的詳細症狀一個也沒說，就算那些症狀在她身上都是事實，她也不想讓眼前這個人知道，因為那不過是再次證明自己已是老年人，是個六十五歲的老女人。她不想再確認一次了，尤其是在這個人面前。

爪角在接待檯的候診名單上寫下名字，朴護理師就說，今天張醫師有點事，沒來醫院，不知道方不方便由別的醫師看。她雖不知道眼前這個老太太有什麼內情，但也熟知老太太只會在張醫師看診的時候來。畢竟她也是有五年資歷的護理師了。

「以前從來沒有這樣過，不知道張醫師有什麼事……」

如果張醫師是去開什麼醫學會研討會之類的，那再約其他時間來看診就可以了。不過如果是去開會或出差，護理師應該也不會特別用「有點事」這樣模糊的說法，大可明明白白、自然地說出來。爪角感覺「有點事」這話中隱含著苦惱與混亂。朴護理師瞄了一眼其他患者，大家似乎都很專心地看著掛在牆上的ＨＤ電視重播的連續劇，護理師壓低了聲音說道。

「他有點不舒服。」

醫師也是人，當然也會有身體不舒服的時候，不過大多不會大大方方地在患者面前吐露病情。雖然微妙，但這一切攸關信任，雖有些不合理，卻是既有印象。

11 自我認知機制的異常，像是以疏離狀態觀察著自身的行動，常會覺得世界不真實，彷彿幻覺。

「有點?應該不只有點吧?」

如果真的只是有點不舒服，沒必要刻意壓低聲音說話吧，爪角喃喃自語。朴護理師深信這位老太太與張醫師一定有什麼不為人知的關係，基於安慰老太太的立場，她違反職務保密義務，帶著遺憾的表情，用手輕輕指了指太陽穴。那個動作讓爪角意識到應該是腦血管方面的疾病。但到昨天為止，海牛也沒有透露什麼，可見張醫師很有可能是突發，在無預警的情況下突然被抬走，那麼腦出血的可能性也很大。看來最好不要期待他在幾天內就能回來上班。可是，這種情況下，如果因為張醫師不在爪角就回去，不就正好讓護理師多了茶餘飯後的話題嗎?因此爪角還是裝作若無其事，坐下來候診。等待時她心裡同時有好幾個想法在進行，看來她的腦子還很清楚，依舊堪用。其中一個是一直埋頭苦幹、如果沒打開那傢伙的肋骨、取出心臟瞧瞧否則不知在想什麼的鬥牛——說不定就是他用微妙的方式妨礙任務。另一個是對應該不是「只有一點」不舒服的張醫師的憐憫之情。那種心情與幫助推車老人沒有太大差別——他們都彷彿不知疲倦似的朝向逐漸消失的某個點緩緩倒下，她對此的惆悵之情也隨之而生。

最後，她沒有選擇特別門診。目前現場剩下兩名內科醫師，在不能進入診療室的情況下，有一半的機率可以遇到姜醫師。一股不知是自暴自棄或期待的感覺在肺裡瀰漫，伴隨著脈搏的猛烈跳動，那干擾聲似乎逐漸擴大。

而她就此踏入那一半的機率中。

聽診過後，又檢查了耳朵和小舌，姜醫師微微斜歪著頭。

「心跳的速度有一點快，好像剛運動完來看診一樣，怦怦怦怦的……間隔很短。詳細狀況還是要照過心電圖再看會比較準，不過以我的標準，還不至於到心律不整的地步。腹部沒聽到什麼特別的聲音，脖子也沒有腫脹，不過您說身體覺得很累，肚子也有點不舒服對吧？心臟跳動比較快，也可能是甲狀腺的問題……最近會不會覺得比之前容易流汗，或是體重掉很快呢？如果伯母想做做血液方面的檢查也可以，結果大概要兩、三天才會出來。」

那是她最不想聽到的一句話，我才不是你的什麼伯母。但她沒有說出口。

「喔，沒關係，沒有必要搞得那麼複雜……我最近沒有特別會流汗，也不會覺得燥熱，體重和胃口也沒有什麼變化。」

爪角忙不迭地揮著手。姜醫師則微微笑了笑。

「是，也不一定非要做那些檢查不可。不過您身體是有些疲勞，我就先開點止痛藥給您。如果腹痛得厲害，就先照著處方服用胃乳，因為您沒有發燒症狀，所以裡頭沒加抗生素。如

破果

果腹痛未減緩，或是感覺心臟跳動的聲音比現在大、甚至到了快跳出來的地步，最好立刻到大醫院檢查比較好……要不要我先寫介紹書？還是說現在先安排照個心電圖？」

爪角搖搖頭。

「沒關係，也許只是神經反射性症狀，暫時就先這樣吧。」

「好，在我看來也覺得應該沒什麼太大的問題。」

姜醫師轉身面對電腦螢幕，開始輸入醫囑，一直站在旁邊的護理師則打開門，朝著外面叫下一位患者。

「那就請您先到外面等一下。」

「水蜜桃……」

「什麼？」

「水蜜桃。很甜很好吃，你父母在市場裡賣的。」

說出口的話無法收回，只是，爪角覺得那話不管是內容或句子都毫無修飾，她巴不得話說出口的瞬間就像餅乾那樣粉碎最好。剛說出口時，她並不覺得有什麼意圖，但不知為何越說越像是帶有某種威脅，對方沒有不接受的資格。她原本是想表達：你父母賣的水果品質和味道都很好，你的父母也是很好的人。只有這樣，沒有其他意思。但根據脈絡和整體意思，聽在對方耳中可能是「我已經知道你父母長什麼樣子了。」——如果你怕會有什麼後患、如果你希望父母平安無事，就不要告訴任何人那天發生的一切，小心點，也不要在什麼喝酒的場合拿來說嘴。如果她再更進一步做出蠻不在乎的表情，像是順口提到那個有著粉紅色雙頰的女兒，順便強調她的耳邊有個像小豆子般的痣，就等於給對方致命的一擊。

不過姜醫師好像絲毫不覺得眼前的老婦人不懷好意——亦或他是裝作不知道？——只是露出微笑。

「啊！您去過了啊？是啊，他們挑的水果不知道有多甜、多好吃，而且都是當季收成的。我是後來吃了別人買的水果才知道原來也可能會澀澀的呢。」

很明顯這是誇大其詞，但爪角還是客套地點點頭，與醫師對視笑了一下。她很快又緊張起來，嘴角原本放鬆的肌肉又再度拉緊。

「如果您願意和醫院裡其他患者宣傳一下，就算沒有優惠券，下次您去買時也會再多送幾個給您的。」

「哪兒的話，要賣錢的東西可不能那樣，會虧本的。」

這時爪角差不多可以起身了，但她錯過了時機。更明確的說，應該是她內心不想就這樣站起來走掉。她才驚覺自己坐在這裡想聽的並不是水果到底多甜，而是他的聲音。就算他不慎誤會了她的意思，沒有像剛剛那樣從容回答，而是說「不要動我的父母」，她也會很珍惜那個聲音的。而且她不會只是聽，還會好好收藏在心裡。爪角心想，他目睹了無法照到陽光的人的傷口，二話不說幫忙縫合，還如此沉著，沒有一絲焦慮或憤怒，也許對他來說，就只是平凡且平等的照顧某位患者吧。又或許，他只是外表看起來泰然自若，其實內心一直在發抖也說不定。要不然就是認為不過是個小小的老婦人，會有多危險？因此漫不經心、一笑置之。又或許他早就猜到，張醫師身為醫院擁有者至今還沒有退休的原因——原來是這個嗎？原來都和一些三教九流的人建立關係嗎？也許，他因為領人薪水，所以對於老闆的暗黑管道裝成一無所知——可能是這樣嗎？要不然就是想到家有高堂與女兒，若得像候鳥那樣遷徙，豈不吃力又麻煩？

這所有的疑問和好奇全數集結在一起，但她只是這樣問道。

「有什麼想對我說的話嗎？」

即使不特別要求，她也不會傷害他的女兒和父母。如果他開口，她甚至不會再走進市場。但比起那些內容，她只是為了多聽他的聲音才又刻意詢問，這時姜醫師的表情才變了，那個意思就好像是自己分明信守承諾，把今天當作初次見面，為什麼老婦人自己先打破約定？他因此感到詫異。

但下一位患者推開門進來，和護理師一起在等，爪角心想，大概無法聽到他的回答了。只好先起身。

「啊，那個……有件事。」

已經要跨出門的爪角微微把頭轉過來，他有些慌亂又有點不快地說：「不要因為怕麻煩就把胃乳及止痛藥一起服用喔。」

那孫女在畫畫，老闆娘看到爪角，連忙起身招呼，說您好久沒來了。但爪角也不過是第二次來，也許老闆娘有特殊的記憶力，即使只看過一次的客人也能無條件輸入腦中吧。果然是做生意的人。不過她也可能根本想不起來，反正對方不是時常光顧的客人，總之先試探看看。爪角也有一段時期能對人的臉孔過目不忘，只有那樣才活得下去，不然就無法工作了。然而，不知道從什麼時候開始，那種能力悄悄減弱、消失。當累積了無數的死亡，過往的臉孔上又不斷再堆疊新的臉孔，不停反覆，直到所有臉龐彷彿都被塗黑……

女孩拿著錐子正準備玩刮畫，面前擺著一張全黑的畫紙。「您還記得我什麼時候來過嗎？」

「我不記得確切的日子，不過我記得當時我家那口子撞到您的包包……最近剛進的橘子很好吃，嘗嘗看吧。」

試吃盤上放了切成一半的橘子，不大，皮很薄。

「橘子就不用了，我不喜歡吃酸的。」

「是嗎？不過這橘子甜得跟蜂蜜一樣呢。」

「那我試試吧。」

為了不讓老闆娘拿著盤子遞過來的手感到尷尬，爪角拿起橘子，剝了皮。果肉觸感軟軟的，本來以為還好，但放進嘴裡才發現遠超過老闆娘所形容。橘子果粒在舌上崩解碎開，口中充滿甜蜜與清涼，在血清素上升的狀態下，她看著眼前祖孫二人，覺得她們真是可愛。雖然有著各自的痛苦，但在精神上與社會上，皆是端正的人。那些人們像苔蘚一樣擠在一塊兒，沒有空隙可冒出頭，並在堅定不移的陽光下紮根。這樣凝視著他們，感覺很好。好像如果凝視得夠久就可以擁有那個東西……雖然不敢想，但哪怕只是一瞬間，如果能夠享受那個場景，就彷彿能成為那個場景裡的一分子。

但即使如此，她隱約知道，注視這對祖孫的眼神是一種尋求不屬於她的幸福的心理。實際上，她不想承認自己對姜醫師的某種渴望，於是在一旁羨慕著猶如剛蒸好的糕點那樣溫暖又柔軟的家庭，一邊反覆確認自己的立場——就算自己不是防疫者，只是個普通的女人——應該說比起女人更適合被稱為老婦，這麼做是不被允許的，或者說這種感情連想都不能想。

不過話說回來，如果不是防疫者，也沒有機會遇到他。

「孩子的爺爺去送貨了嗎？」

爪角問道。她一面看著孩子在寫生簿上畫畫，臉和手也被染成紫色，那些蠟筆痕宛若瘀青。

「最近沒什麼地方要送貨，生意不好啊。我家那口子是去什麼攤商協會開會去了。」

「啊……開會啊。最近市場這裡好像在抗議附近要開大型超市。」

「就是啊。說什麼要維護我們的商圈權益，卻和大企業私下聯手。因為他是這裡攤商協會的會長，夾在中間很辛苦啊，到處都被一些高官還是什麼的人叫來叫去，好像還會出言恐嚇。表面上說什麼一定都會照顧到，可是主事者完全不聽我們意見就沒有用，都一樣啦。」

「不過大超市距離這裡超過一公里，影響應該不會太大吧。」

「怎麼不會？大家會開車去啊。聽說那裡的停車場還可以刷卡。而且最近那種地方還會設什麼兒童遊樂場呢，等那個大超市開了，我是想和他好好商量，乾脆也把這個店收起來算了。要是覺得可惜了店面，那就頂出去。不過再說吧，他也有身為會長的責任心，所以不會輕易定下來的。」

老闆娘嘆了口氣。

爪角能為姜醫師的母親——她能為了這個家庭做的——除了買水果外似乎也沒別的了。於是，她要了一網袋的橘子，裡頭裝了十多顆，一袋八千元似乎不算便宜，但她還是打開皮夾。這時，她不經意瞥見旁邊出現一個影子，原本數著鈔票的手便慢了下來。隨著寒氣襲來，不安感混雜亢奮的汗水，從太陽穴順著流下，她閃爍不定的眼珠用力往旁邊一瞄，鬥牛的側臉就在那裡，幾乎貼著她比鄰而立。他從籃子裡拿起一顆甜柿，隨手把玩。

「有紅柿嗎？可以看看嗎？」

鬥牛故意裝作不認識爪角，自顧自的問老闆娘。爪角沒有正視他，但光聽聲音就能猜到他嘴角露出淺笑。

「紅柿要等下個禮拜才會有。不過那個買回去放在室內幾天就會變得和紅柿差不多了。」

「怎麼可能一樣呢？我還是下次再來吧。」

就在鬥牛假裝猶豫時，爪角已經抽出鈔票交給老闆娘，並接過裝了橘子的塑膠袋，彷彿喃喃自語一樣含糊地說他會再來，然後就轉身走了。

盡可能不要用跑的，在別人眼裡不能顯得急躁，要不疾不徐地快走，不能讓那小子追上來。她突然想到：是不是應該留在那裡比較好？把那家人丟在那小子面前……這樣好嗎？那小子看得到在裡面畫畫的女孩嗎？他應該只是針對我，是我想太多了吧？但依照防疫者的本能，不管再怎麼想都不嫌多。可以的話，應該讓鬥牛跟上來，盡量減少一般人暴露在他的視線範圍內的機率，這才是明智之舉。這裡不是那小子的作業區域，他卻在這地方出沒閒晃，很明顯就是來找她的。

這些想法還在心裡轉，市場的拱形出口已出現在前方，眼看只差一步就能踏入陽光下，她的肩膀卻被按住。爪角反射性地想把手上裝了水果的塑膠袋往身後甩，猛然聽到旁邊經過的腳踏車鈴聲，她馬上鎮定下來。

「想逃去哪兒啊？老奶奶？」

看到她一手拿著袋子顫抖，另一手伸進外套裡摸索，鬥牛露出燦爛的笑容。

「要在這裡動手嗎？還有別人在呢。」

爪角往一側店鋪旁的小巷子使了眼色。那裡因為內部整修而暫停營業，兩人一前一後走進巷子。

爪角把袋子放在另一間沒營業的店鋪前方翻倒的椅子，屏息以待。感覺心臟跳動的聲音比現在大、甚至到了快跳出來的地步……爪角想起了姜醫師的話。此時就是那樣。包括剛才吞下的那片橘子果肉，她全身的肌肉和神經都彷彿傳出破裂聲，但一想到姜醫師那江水般平和的聲音，幾乎要衝出耳朵的心跳就又回到原來的軌道和節奏。

「我就直接問了：妨礙我的是你吧？」

「先把手拿出來再問吧，老奶奶。」

即使這裡沒有其他人，鬥牛仍兩手一攤，看起來並沒有想交手的意思，爪角也把原本伸到內袋摸著刀的手拿出來。

「是你把那個老頭處理掉的嗎？處理一個完全沒有關係的人，就只為了和我作對？」

「不是要和妳作對……不過是我幹的沒錯。」

「好。那下一個問題，你視力不好嗎？」

「嗄？喔，這個。」

鬥牛將戴在臉上的深褐色SwissFlex眼鏡摘下。

「怎麼會，我兩眼視力可都是二．〇呢，這只是習慣性偽裝……」

爪角的拳頭既快又沉，準確地擊中鬥牛的左肋。那力道如果是一般人，通常會馬上往後倒向垃圾堆，但鬥牛只是稍微晃了一下，然而手上拿著的眼鏡卻不自覺掉了下來。

「你不是可以躲掉嗎？」

「我只是想讓老奶奶心裡爽快點，舒坦了吧？」

「鬥都沒有。」

爪角看著鬥牛彎腰撿起眼鏡，拍拍灰塵。

「如果那人是執行作業時相關的目擊者、關係人甚至證人，我就不該過問，但他是個完全無關的普通人，你就這樣不當一回事的把他了結！這到底是第幾次了？」

鬥牛轉過頭，吐出嘴裡的血水。

「當然不是第一次，而且並非沒關連。」

「他和你的任務有什麼關係嗎？」

「沒有。但是因為那個老頭，妳錯過了行動的關鍵時機，不是嗎？」

爪角一時傻眼，愣愣地站著，臉上表情五味雜陳，鬥牛饒富興味地看著她，又說。

「我只是看不順眼，我討厭看到那副德性，只因為一堆垃圾和破爛推車，就讓妳無法做出正確的判斷。」

「我說你……我介意的不是推車或那些廢紙，你就沒有想過拉著推車的那個人嗎？」

「所以啊，在那種重要時刻妳幹麼還要跑去幫忙？覺得人之常情嗎？還是什麼身為人的禮貌？夠了吧，妳什麼時候帶著那種東西生活了？因為人會老，所以看到陌生老人就好像看到鏡中的自己？是這樣嗎？想想妳一直以來是怎麼活的、都做過些什麼勾當……妳這樣不覺得自己太厚臉皮了嗎？」

他的語氣聽來激憤，不過表情好像很開心。他的眼神興奮得就像是小孩子意外在閣樓發現很久以前最愛的玩具。

「不然，就是覺得自己像那堆廢紙中最小最薄、最破爛不堪的箱子。」

那小子說的一字一句就像痛風那樣滲入關節，她不禁咬牙切齒。目前為止死去的人和將死去的人，在她眼中都變得如一日三餐那麼普通，她不再特別對推車老人感到內疚。爪角忘記了，無論是介入或是幫助別人，往往會帶來最壞的結果。

「不管怎樣，我都會用自己的力量把錯失的機會扭轉回來，可以繼續完成工作。可是，你都沒有想過那麼做等於把路完全堵死嗎？」

鬥牛淡漠一笑，看起來像是在嘲笑她最後還不是沒有完成嗎？

「所以啊，任務失敗就算到我頭上吧。有個藉口不是比較好嗎？」

爪角再次把手伸進內袋摸著刀子。手握刀柄的觸感讓她開始慢慢鎮定下來——她突然打開放在一旁的塑膠袋，用刀子把網割開。

「吃橘子。」

這種時候吃橘子？這行為簡直超越了漸漸成為普通鄰居老太太的感覺。她就像鬥牛所說的一樣變得厚臉皮了吧。爪角一邊想，一邊順手拿出一顆橘子扔過去。室外氣溫持續下降，橘子才放了一會兒就冰得像雪酪似的。鬥牛接下橘子敷在腫起來的臉上。

「現在可以換我問了吧？」

「問吧。」

「是她們吧？那個老闆娘和小女孩。」

塑膠袋從爪角手上滑落，橘子一路滾到鬥牛的鞋尖前，停了下來。

「如果我沒有猜錯，應該就是那些人對吧？——讓妳變得這麼厚臉皮的那些人……不對，要把『那些』去掉。正確地說，應該只有一個人才對——就是妳所凝望的地方。」

——不是有想讓他看的對象嗎？

他知道了。鬥牛知道我在看什麼，知道我想聽什麼，說不定他比我更清楚……想到這裡，爪角像得了肺氣腫一樣感到窒息。

「妳自己也曉得那根本就是不可能的事吧？」

她被逮個正著，心裡有一種不知是羞恥還是害怕的感覺，模糊又曖昧。

「我不知道你在說什麼，不過不管是什麼，都不是你該插手的。」

「為什麼不？要知道，人一放鬆就像掉了魂似的。」

爪角沒有閃避，直視鬥牛發紅的雙眼。這小子最多比姜醫師小兩歲，但絕不能像看著姜醫師一樣看著他。她直到現在才清醒，而且比任何時候更清楚意識到自己的立場。

「即便那樣，也是我的問題，你要怎麼想不關我的事，但和推車那件事不同。你要是敢動他們一根汗毛就試試看，我絕不會饒你，絕對不會。」

說到最後，爪角的聲音近乎怒吼。

「你真正的目的是什麼？你是因為折磨不了我所以心急了？是嗎？你有什麼不滿乾脆直接找我單挑，不要把不相干的人牽扯進來。」

「目的？是啊，我的目的是什麼呢？」

鬥牛往前踏一步，踩爛了橘子，橘子的氣味在巷子裡瀰漫開。

「人不知道自己該往哪裡去，又非要固執地問別人要去哪裡。妳真的知道自己在做什麼嗎？妳只是稍微知道，卻不曉得目的地，總之先走就是了。」

鬥牛的聲音越來越近。為了以防萬一，也為了隨時能切掉這小子過於俐落的舌頭，爪角再次握好刀。

「只有一件事希望妳不要誤會：我覺得離譜的地方在於那位大哥三十六，而妳已經六十五了。還真是美好的愛情啊！他都可以當妳兒子了。要是被別人知道，不只會說你們兩人不適合，還會說老奶奶是不是年紀太大神智不清、恥度無下限，然後對妳指指點點呢。不過話說回來，老了大家都一樣，妳可以自由地去看他、想著他……」

鬥牛邊走邊說，輕輕與爪角擦肩，略彎下腰在她耳邊竊竊私語。

「但是妳沒這資格。」

原本以為橘子的酸甜味道能蓋過Fougrer的香氣，但當她回神轉頭，鬥牛已經不知不覺離開了那裡。

一進門，聞到塑膠袋散發的香氣，無用跟在爪角後面的原因不是嘴饞，而是氣味和平常不一樣。看到無用的樣子，爪角才意識到自己犯下多少失誤。一直想著反正只和無用兩個一起生活，買什麼都可以與無用分享，但是像柑橘之類酸性的食物最好不要給狗吃。上次買了水蜜桃，以防萬一還上網查了資料，在寵物社團上發現了不少類似「不要讓狗狗吃水蜜桃」的貼文，雖然原因不明。而爪角只是想著不管怎麼樣都不要給，也沒有這個必要，所以就沒給牠吃了。當時好像看到葡萄、橘子也在列表之中。

水蜜桃……後來水蜜桃怎麼樣了呢？她完完全全忘了。在地鐵站無心地給了老人一顆，所以應該還有三顆……不對，姜醫師的母親多放了一顆，如果沒動的話，應該會留下四顆吧。決定不給無用吃之後，不知不覺自己就慢慢吃完了。

爪角打開冰箱。由於是一個人住，因此沒什麼囤積食物的必要，冰箱容量只有三百公升。二十年前買的時候這個規格應該是中型以上，現在一般人大概至少用五百公升以上的冰箱。新婚夫婦選購家電時，基本會從八百公升雙門冰箱開始挑選，三百公升通常是放在旁邊，專門保存泡菜的泡菜冰箱。不過，冰箱越大，裡頭會放到壞的食物也越多，最後的結果就是扔掉。一開始出現八百公升容量的冰箱時，她就想，除了用來保管無法即時處理掉的屍體外，很難再想到其他用途。所以她當然沒有買。堆到深處那些裝小菜的蓋子上都結了霜，每次維修師傅來都會說，伯母，這款零件已經停產了，您可以考慮換一臺了。但她總是搖搖頭。等連冷凍庫裡的冰都融化了再說，現在還可以用，噪音也還能忍受。

零件也停產了。

破果

故障，停產。

可以丟了。

這個不能再用了。

換新吧。

爪角慢慢地看著冰箱內部，其實也沒什麼可看，只有泡菜和幾盒小菜零零落落散布。但是，就連那一丁點的食物也因為她不規律的外出工作時間，很多都變質了。她心想，那就趁這個時候來清理一下吧，於是打開冰箱下層的抽屜。

那裡有三個看起來熟到快爛、原本好像是水蜜桃的褐色東西。回到家後她只吃了一顆，看來果然是忘了。

為了丟掉失去香甜、清爽又柔軟的口感、錯過最佳賞味時期的褐色物體，她把廚餘垃圾袋打開。那東西在最美好的時期應該被塞入某人的口中，卻沒有這個機會。她的手伸向那團散發著酸臭的東西，在拿起來的同時，那團物體在她手裡粉碎崩解。可能是有部分黏在層架邊上，因為要拿起來而加重握力，結果才會碎了吧。沒有辦法，她只好把碎掉的殘塊一一撈出來放進袋子，再用指甲刮掉緊黏在上頭的果肉。但那些東西有如迷戀著冰箱裡盛開的霜花，不肯掉落。一股刺鼻的酸味突然衝進她鼻孔，她不禁掉下眼淚。爪角刮了好一會兒，顫抖著肩膀發出呻吟，無用聞聲走來，用低沉的聲音嗚嗚嚎叫。

파괴

兩道白煙在空中飄蕩、彼此纏繞，看來就像媽媽抱著孩子的胳膊。流仰頭看著再也無法觸摸到的粟與孩子恍若轉為某種化合物那般逐漸消失。爪角站在那兒一語不發地凝視流的側臉。與其說這樣的悲痛和悽慘或許有一天會平靜，反而更像沾上難以抖落的汙垢，充滿了遺憾。此時，爪角先祈求的是原諒，之後才祈求粟和孩子的冥福。爪角看著身穿黑色西裝，臂上綁著白色臂章的流的肩膀，他挺直的脊梁與腿，心裡覺得十分抱歉。她想把手放在他肩上，想把臉頰貼在他背上，但是，比起想這麼做的渴望，令她感觸更深的是已經難收的覆水。

對不起。

雖然不是第一次看流穿西裝，但他大多以較明亮的灰色或藏青色為主，通常會在見一些有名或有權有勢的客戶時才那樣裝扮。流遞出的名片不管印著什麼物產、什麼工會、什麼食品公司，職稱始終是室長。不論是家族經營的小規模店鋪，或不斷更換招牌的空殼公司，只要穿著西裝、拿出名片，客戶就很容易貼上來——雖然那些客戶沒有一個相信名片上印的公司是真的。這讓爪角覺得很奇怪。有錢有勢的人不想被討厭的事弄髒手，所以來找流。另一種情況的人則是帶著迫切的心情，不惜傾盡財產、付出人生，伏在流的面前懇請他幫忙。後來，與主要經營軍需品外加其他外國銷贓生意的「贓老爹」正式交易後，換了個「防疫」公司的名片，並在名字下面加了一行有「※」的備註：**驅除各種鼠類・蟲類**。此前，他都輪流使用物產公司及食品公司的名片。不過反正來找流的人都知道他是做什麼的，流會接受委託，幫人實現心願、代為處理一些麻煩事。

而且，流所接下的工作，有大半都由被他那句咒語般的「有天分！」附身的爪角執行。打從爪角第一次在外國士兵的喉嚨插上類似火鉗的物品後，經過四年，她已繼承了流身上的所有奇特技術。

粟從未參與那些工作，也沒有嘗試。她只是一個平凡普通的妻子。生下孩子、將孩子養育長大是理所當然的，至於養育孩子的錢是從哪裡來、又是怎麼來的，她從來不過問，是個很會忍耐，嘴巴也很牢靠的女人。她不想具體知道流在做什麼，但也並非完全不清楚這些活兒不僅骯髒，而且還有危險。她認為爪角對那些工作有幫助，所以當丈夫和那個撿回來的孩子時常在外頭待很長時間，她也默默忍受。就算那個女孩漸漸長大，已經不再是孩子，粟還是一樣為出去工作後不見得回得了家的兩人準備飯菜。她用懷孕的身體踩洗褐色大塑膠盆裡的衣物，偶爾以微妙的委屈姿態俯視著丈夫的內衣和女孩的襪子在水裡交織。但是，為了即將出生的孩子，她沒有失去最基本的微笑。只是無法事事都表現得成熟得體，那微笑的嘴角依舊時而顫抖。爪角知道她在忍耐那股抑鬱與憤恨，於是只能努力避免與流面對面。等到她工作上手到可以獨自進行防疫工作，便提出要求，說想離開這個家到外面自己住。

「這些年來妳賺了不少，沒有好好照顧妳，我也覺得很抱歉，要另外弄地方給妳也不是什麼難事。不過一個女人要怎麼活？妳這個年紀的女人自己一個人住，人們會議論，會把妳當成『那種女人』。話說回來，自己一個也不是想去哪兒就去哪兒，最後還是我們的工作受影響。現在二樓的大房間就妳一個人用，不如就繼續和我們一起住吧？怎麼樣？不過也是啦，孩子早晚哇哇哭也很累人，對吧？」

不是那樣。是她。

「我……夫人……」

爪角和粟的年紀不過只差五歲，流要兩人以姊妹相稱，這樣比較方便，但是她的心意總是朝著流翻湧而去，必須築起防波堤。所以不管怎樣，爪角還是堅持彆扭地稱呼粟為「夫人」。

不是那樣的。

「回答要簡短，說話不要含糊不清。」

曾在上課時聽到的嚴厲嗓音在耳邊響起，爪角瑟縮成一團。轉頭看到流嘴裡叼著菸，她便拿起坐墊旁的六角形的火柴盒一劃，點著了火。那隻點火的手沒有過度的顫抖，泰然自若，好讓謊言能一直持續到最後。

「……一直給你們添麻煩……過意不去。」

各種感情緊緊凝聚，包覆著爪角的頭、手、胳膊、腿和背與頸項，和流在一起的所有瞬間都像清晰的烙印那般嵌入其中。在空曠無人跡的森林，只有槍聲，周圍瀰漫草和火藥的氣味。她挺直腰桿、抬起胳膊。為了糾正姿勢，流站在她的背後，她感受到他的力量留在身上各處。流用鞋尖敲擊她的腳踝內側，腳再開點，頭不要縮著。她的身體、她的一切姿勢和態度，都是流一手打造。雖然真正出去工作時那些姿勢一個也派不上用場，因為她總是得彎著腰、斜著躺，甚至有時還要倒掛。但就算是顆石頭，只要真正對其注入精氣個一回，不管何時都會記得自己原來的模樣，不會亂成一團。

為了可以一直這樣不自亂陣腳，最後如果還有什麼必須完成的事，那就是這個了。

一個小而平淡的謊言。

「我還以為是什麼。」

流擺了擺手。

「不過是在飯桌上多放一雙筷子，有什麼難的？妳又不是會給我們添麻煩的人，妳所做的事，價值可是飯錢的三、四倍以上。妳不用窮擔心了。」

不是，不是飯錢的問題，這個大叔真是……怎麼會這麼不了解夫人的心呢？還是說他是假裝不知道？

爪角嘆了一口氣，流又繼續說。

「如果妳現在退出，我會很不方便，要不乾脆就不要幹了？」

流一派正經，露出嚴肅的表情與聲音。雖然明知那態度不是對一個女人，而是把妳當成手足一樣的部下或祕書，依舊在爪角心裡某處挖了條溝，注入暖意。

「我不是不想做……」

「還不是一樣。妳想搬遠一點上下班之類的嗎？這種工作欸？夠了！不要讓我後悔教了妳那麼多。」

「請別這麼說！受了室長和夫人那麼大的恩惠，我還怕是我拖累你們。我不是要另起門戶，也不會搶走客人，我會像現在一樣……」

「……我？」

「我知道，我很清楚妳根本做不到那些事，因為妳啊——」

因為除了妳以外其他事情我都沒興趣。爪角害怕會從流的口中聽到這樣的話，她忐忑不安地將玻璃菸灰缸放在桌上。

「沒什麼。這件事就到這裡吧。」

流用手指使勁按壓著菸屁股，似乎有些躁動。

粟揹著十個月大的孩子過來，將一盤水果放在小桌子上，坐下。她的動作安安靜靜，連把磁盤放在玻璃桌上都沒弄出聲音。毫無疑問，她的表情一定很沉著、剛毅，但爪角無法轉過頭去看她，卻也真心感謝她在流用強硬的態度講話時正好過來。看到了吧？聽到了吧？不是我的錯，是妳老公硬要把我留下，所以拜託妳不要再用那種眼神、用那一語不發的態度，把我當成罪人。我永遠都不敢奢望說出這根本不敢想的夢想……即使妳不在了也一樣。

而今，粟與剛滿週歲的孩子，都沒了。

某次外出工作五天後返家，流和爪角在二樓房間發現粟將孩子抱在懷裡、躺在那兒，已成了兩具屍體。粟的背部、胸部、手臂、腿部共有六處刺傷，直接致命的死因應該是被鈍器擊中喉部。她可能是在一樓玄關處到客廳之間突然遭受攻擊，當下第一個想到先保護孩子，所以並沒有往電話機的方向跑。侵入者從大門玄關處進來，所以她也無法逃出去，只能負傷抱著孩子逃往二樓（亦即爪角的房間），鎖起房門。二樓的窗戶一面是鐵製防盜窗，一面是用尼龍材質緊密編織的防蟲網，她似乎曾試圖弄開防蟲網逃出去——現場發現防蟲網被割開，而原本插在爪角桌上筆筒的文書用剪刀掛在上頭。防蟲網還沒來得及全部割破，房門就被類似斧頭的東西狠狠劈開，侵入者進入房間，展開攻擊，粟本能地撲向暫放在床上的孩子。那副自信且崇高的軀體在明知會遭逢不測的情況下將孩子抱進懷中。孩子的屍體相對乾淨，沒有傷口，應該是在哭聲漏餡前就被掐住了脖子。這裡並非往來繁忙的地方，但或許有人經過會聽到孩子的聲音。雖說襁褓中的孩子本就是吃也哭、拉也哭、睡到一半也會哭。然而，也許是對亡者最後的禮貌，侵入者把死去的孩子放在粟的屍體旁邊，讓她的手臂可以環抱著。

粟的姿勢似乎是在斷氣後才被人為調整。

我……我不是說過了嗎？

爪角不停地用拳頭捶打流的肩膀。

我不是說過好幾次了嗎？趕快收拾好離開啊。

當然，產生不祥預感的瞬間，就算立刻放下工作，開車疾駛最快也要四個小時才能趕到，也未能救得了兩人。

那是他們到外地工作的第二天。在外地時，流每天晚上會習慣性的打電話回家，就為了聽聽孩子咿咿呀呀的聲音。但那天晚上只是一直傳來電話鈴響，卻無人接聽。流歪著頭，爪角開始擔心家裡會不會出了什麼事。當流一臉嚴肅地緊盯著目標的家，爪角則在一百公尺外巷口的小雜貨店旁打公用電話回家，但又沒得到回應，她失望而歸，甚至想著會不會是老舊爐灶或煤氣出問題。這樣不安的表現多少有點誇張，畢竟萬一粟真的出了什麼事，雖不是她做的，她卻隱約覺得，雖是不能實現也無法碰觸的夢想，但她仍想過：若有一天流的身邊沒有了妻兒，自己將成為他的唯一。因此，要是那樣，就好像是自己的錯。

因此粟絕不能有事。

但一開始爪角感到不安時，流還說粟可能是忙著照顧孩子，沒空接電話，或是話筒沒有掛好之類，一點也沒有放在心上。爪角每隔一個小時就打電話回去，也對流說得回去看看，但是反而受到流的指責，說她不夠專注，竟想離開崗位不辦正事，還警告她如果再擅自離開去打電話，就要把她的指甲全都拔掉……這一切的一切，說不定都是流為了壓抑內心逐漸湧起的不安做出的反應。

那次防疫是某個位高權重者的委託，攸關政治圈的變動，是不能隨便中斷的作業。不管是放棄或失敗，費用和信用問題尚屬其次，重點是這將對他們兩人的人身安全造成直接的威脅，爪角自己也很清楚。

她的嗓音逐漸由喊叫變成痛哭，打在流肩膀上的拳頭也漸漸無力。她非得這麼做，才能將一直以來埋藏於誠摯而體貼的行為之下、希望發生點什麼的心願掩蓋過去。

流是知道的，從事這種工作，隨著任務規模越來越大、越來越深入，總有一天刀鋒會回到自己的家人身上。手上沾染的血越多，防疫成功的次數越多，以他家人為目標的非特定敵對者也會增加，他並非毫無預料。流總是想著等這次工作結束後再搬家，下次結束後給家裡安插常駐保全。在不讓妻子感到過度憤怒或恐懼的前提下，想了各種方法警告妻子自己工作的危險性有多大。這次防疫規模比之前任何一次更龐大、更重要。他想過，只要這次順利結束，就把家人送到國外。在有具體計畫之前，流叫妻子不要隨便幫長相普通、聊些尋常事的化妝品或推銷員開門，甚至什麼社區婦女會長或警察也一樣……還有什麼去了？

雖然千叮嚀、萬囑咐，但不管再怎麼考量，都不如一開始就不對任何人曝露妻兒的存在。還在開雜貨鋪時就應該這樣的，但流當時沒有想到這一點，也沒有算到自己的事業會發展到這個地步。

然而一旦接觸，就不可能滿足，或安於只到某個程度。越是進行下去，範圍越廣，訂單像水位那樣上升，流越來越縝密、越來越果敢。可是，卻沒有回頭看看最需要他繃緊神經的對象，只是像放在水晶相框裡收藏一般對待他們。而今，他的妻子和孩子的狀態不再只是一種象徵，真的永遠留在相框裡了。

把粟和孩子撒在河裡後，流不知道還要做什麼。他走了很久的路回到家，沒有換下衣服，也沒喝一口水，就這樣連續兩、三個小時一句話也沒有，只是默默地讓身體陷進客廳的沙發。爪角以為他睡著了，始終坐在一旁守著。突然間，他瞇著眼，彷彿與她四目相交，卻一下子將抽屜裡放著粟和孩子照片的相框拿出來摔在地上。或許是喝了酒，有些醉。與捕獲目標並將其消除時相比，這動作在準確性和速度上連十分之一都不到，即便這樣，爪角卻未飛身接住，相框直接砸在她面前，玻璃碎片飛起，劃傷她的顴骨。如果貿然起身，沉重的相框反而會砸傷自己的腳，這似乎也意味著，目前為止發生的所有錯誤和悲劇也許都得歸咎於她。

流那樣想也並非是錯。爪角從沙發上滑下來，蜷縮著身子，慢慢拾起碎片。

「別管了，會受傷。」

流語調沉痛，爪角不自覺地像嘆氣一般笑出聲，頓時慌忙摀住自己的嘴。這種時候，就算神經再大條也不能啞然失笑啊。平常她若哪裡受了傷或被割到，大多是因為流所指示的工作或由他直接造成。現在居然被這種小碎片劃傷？這根本就不算傷。爪角靠著日光燈把閃著細微亮光的玻璃碎片撿拾得乾乾淨淨，放進空紙盒。照片還在殘破的相框中，要取出來並不容易，但也很難再貼上去了。

一直坐在對面沙發的流看著爪角，也噗哧笑了。

「不要待在那裡，進去休息吧。」

講到話尾，流的聲音嚴重嘶啞。爪角沒有回答，而是到廚房倒了杯麥茶出來。她默默地端著水杯，流則愣愣地看著杯子，過了好一會兒才接過去。

流把整杯麥茶喝完前，爪角的視線一直注視著腳下。這種時候，罪惡感變得更為鮮明，連他在吞下水時喉頭滑動的微小聲音，都會引起她的心慌悸動。然而這顆心卻無處播種，只適合在冰冷的碎石上兀自乾枯。

「妳沒聽懂嗎？非要我挑明了說想一個人獨處嗎？」

「我懂，但是很抱歉，我不能那樣做。」

「我不會尋死，妳進去休息或去做自己的事吧。」

「室長……」

*如果你也進去休息，我就去。*爪角及時把話吞回。今天這種日子，叫他如何進去沒有粟的房間、在與粟共枕的床上休息？在那個房間裡，在他們夫妻的睡床旁，還有一張空蕩蕩的嬰兒床。爪角也不能叫他上去二樓她的房間，那就是粟嚥氣的地方，包括血跡，只有大致整理過，連爪角也沒把握何時才能在那個房間裡安穩睡去。她可以去住廚房旁的小房間沒關係，但不能放著眼前這個人不管。

「我要待在我想待的地方。」

「那就我走吧。」

流起身走進書房，爪角不可能跟上去，於是又坐回沙發，曲起雙膝緊緊抱著，愣愣看著對面的空位。

爪角不知做了什麼夢，蜷縮著身體睜開眼，突然發現應該在對面的空沙發不見了，取而代之的是黑暗中依稀可見、牆上壁紙的象牙花紋。她不知道什麼時候來到房間……但這不是爪角的房間。她側躺著，肩上蓋著被子，被子上還有一隻臂膀的重量及溫度，她動了一下，從被子裡抽出的手指上纏了繃帶。

「再睡一下，現在才四點。」

她注意到臂彎內的動靜，脖子後方傳來流低沉的聲音。

「我……」

爪角用連自己都不確定的口氣，保持自言自語般的音調，喃喃說著。

「現在就算室長叫我收手，我也不會聽。」

她衡量著這句話裡盛載了多少空虛。他們已橫越又寬又深的河流，就算想回頭，木筏也已全毀。兩人都很清楚，他們已經走得太遠，而離去的人並不會再復返。如果放棄工作，將面臨更多為了封口展開報復的殘酷對待。他們已與那些位高權重者在事業上有了接觸，如果自己任意切斷這條線，剩下的人生就只能一直逃亡到死，別無選擇。也不是到了這個關頭才特別珍惜生命，而是打從一開始就賭上性命、踏入這行，現在才說為了惜命而離開，非常可笑。兩人乘坐的車輛一旦開始加速，在油料耗盡或發生事故、導致車體翻落之前，是無法停止運轉的。最終等待他們的可能是絕對會摔成碎片的懸崖峭壁，在飛出懸崖騰空的瞬間，兩人都撞擊到岩石，這條生命才會變得完美。

「過陣子我再幫妳弄個新的身分證。」

爪角枕著流的手臂，流低沉的聲音順著她的肌膚傳到頭頂，她敏銳地察覺到這句話的意思，立刻改口。

「不用，不需要了，既然已經走到這個地步，就繼續走下去吧！」

如果你想送我離開，自己獨自死去，還不如我們一起走——一起走向地獄！反正我們是不能去粟和孩子那裡了。

這或許是一種深切的哀悼，無需任何詳細的說明或協議出一個過程。自然而然刻印而下的吻、彼此交織的雙手，都是代表絕望和悲傷的鎮魂儀式吧！所以，雖然像是突然決定合而為一，但並非徹底結合。只是在這個瞬間為了不喪命所做的決定，是一種儀式，為了堅持停留在此刻，為了確認眼前活生生的人確實在呼吸。即使是在魂牽夢縈的流身邊，爪角也無法感受到與他緊密的結合。那分明是溫暖、柔軟又充滿愛的，但此時此刻，連這些感覺似乎也理所當然全獻給了已安息的靈魂。

「再多招幾個員工吧。」

「就像真正的公司一樣。」

「那麼我是社長，妳就是副社長。」

「如果職位突然一路上升，我可能會吃不消。」

「如果我先死了，妳就是社長。」

「如果那樣的話……」

我會隨你而去。

「另外安插個名義上的社長好了，我頭腦不好啊。」

「隨便妳，但最重要的是……」

如此這般開著無聊的玩笑，腳在被窩裡一動一動，兩人比任何時候都沒有防備。

「從現在起，不管是妳或我，都不要再製造必須守護的東西。」

就這樣雙臂相擁，比剛剛更緊密地抱在一起。雖然覺得他的話不太對勁，但爪角靜靜聽著。如果他說得篤定，就表示是對的，那股力量深深從胳膊注入，在這樣奇特的祭奠儀式中，體溫瞬間升高，兩人以這種方式在一起。

是第一次，也是最後一次。

破果

或許是屋裡的某扇窗戶沒關好，不知從哪裡吹進來的風，吹得掛在嬰兒床上的吊鈴玩偶互相碰撞，發出風鈴般的聲響。

不要再製造必須守護的東西。

當爪角仔細看著海牛給的最後委託資料，腦海中突然迴盪著流說的那句話。

海牛像平常一樣確認相關資料，接著整理好，還說本來以為不可能發生這種事，畢竟這間公司就像是教母一手建立起來，孫室長特別基於長久的情分交付業務，希望不要有失誤，一切乾淨俐落、有個圓滿的結局。

「都聽到了吧？教母？有沒有什麼地方看不清楚或不明白的？」

爪角不情願地搖搖頭。

「喔，知道了。不過我個人有一點好奇，可以問一下嗎？這是誰的指示啊？我怎麼看都不覺得這目標有什麼特別的啊。」

「他什麼時候解釋過了？詳細情形我也不清楚。」

「我也不是閒著無聊問妳，只是覺得好像派頭挺大，所以問問。不過從財產規模和工作內容來看，怎麼也不像是和位高權重有關係的人啊。」

「又不一定非得有關係才接，這您也知道啊。」

照海牛所說，不一定和位高權重者有什麼特別緣由，就算是路邊的碎石子，只要可能傷及那些尊貴之人的腳趾甲，也會措不及防成為防疫目標。爪角不以為意地用手指在影印的照片上彈了一下，赫然發現那張臉孔正是姜醫師的父親。如果不是個人恩怨，很可能因為他是市場攤商協會會長，才成為目標。爪角推測委託人應該和想掌握巷弄商權的大企業有關係。這樣就有點困難了，縱使清理掉上層，在那之上還會有更高層，就像自行分裂的細胞一樣繼續增生。在目標消失之前，這「上層」會不斷延伸。就算是在個人鼎盛時期，爪角也沒想過挑戰這樣的高度。

雖然很抱歉，但她無法救這個人。

「如果有困難，要不要我幫您問問，看有沒有其他更簡單的？例如感情糾紛那種？」

海牛的冷嘲熱諷毫無掩飾，直接表明「這個案子除了給妳，還會有誰要呢？」令人難堪。資料照片的參考事項上打了個「※」，寫著「因為對象是在市場活動的老人，所以希望交由外貌平凡、和善的年長者，最好由女性來執行」，那是委託人附加的要求。或許老年人活動不頻繁，但在防疫者中五十歲以上的人其實不少，女性也有一定比例，但若是「女性年長者」，就只有一人了。

「不必，就我來吧，不用找別人了。妳要是把這個交給別人，妳那副耳環我就收下——當然，連耳朵一起。」

爪角指著海牛耳垂上輕輕晃動的半克拉鑽石耳環，她連忙用雙手摀住耳朵，往後退了一步。

「幹麼說得那麼可怕？我又沒怎樣。教母今天很奇怪喔，妳和照片裡的目標好像有什麼特殊關係喔！」

「沒有特殊關係。過去我曾經親手送走兩個和我有特殊關係的男人，其中一個我肚子裡還懷過他的種，妳想再聽下去嗎？」

「不用了！」

海牛一臉真心嫌惡，避開爪角的視線，轉身進了茶水間。爪角把姜醫師父親的照片收進包包，離開辦公室。

該怎麼做才能盡量不要讓你走得太痛苦？

爪角的腦海裡只有這個想法。如果她拒絕，這個案子會交到其他防疫者手中，其他人不可能願意減輕商會會長的痛苦，或減少他痛苦的時間。所以情急之下她只能自己接。但即使這樣，結果也不會有什麼不同。

從報酬金額來看，她也很難推測這案子背後是什麼類型的委託人。若是大型超市背後的大企業指使，除掉商會會長就像是一幅沒了消失點[12]的背景，讓人失去目標，市場的攤商就會陷入混亂，凝聚力四散，反抗設立超市的力量就會被削弱——但就大企業來說，付的報酬太少。如果是個人恩怨，這筆預付款又顯得太多。這姓姜的除了商會會長的身分，並非握有什麼重大情報，足以動搖或威脅高層，看起來也不是個血氣方剛的激進主義者。當初獲准進入國會，列席於修改流通產業發展法的記者會，攤商個個睜著明亮的雙眼，期待得到包容與照顧，結果依然被忽視。在氣憤之下，姓姜的就在國會前發表聲明，表示將進行抗爭，甚至不惜召開大規模集會。那種角色其實任何人都可以擔任，也不是只有姓姜的特別會鬧事起衝突。一個長年在慢性腰痛折磨下連騎自行車都吃力的人，就算猛然從內心竄出不可思議的力量，發揮潛在的領導力，也不可能讓抗議突然變成戰爭。

然而，不論從預收的酬勞水準或已整理好的相關資料推測，那個身分不明的委託人希望

12 消失點（vanishing point），又稱滅點，指直線在無窮遠處的集中點，藝術家或工程師在紙上畫空間立體透視圖時常用的表現方法。

這個目標消失的程度之迫切，似乎比他自己能否生存還重要。也是，從古至今，那些至高無上的客戶大多如此。最近多透過無表情的電子郵件或簡訊單方面下達指示，這還算好。有時早期必須與委託方最菜的小祕書直接面對面，那種不可一世的態度——如果能把蛆蟲清理乾淨最好，做不到就拉倒，除了妳以外想接這工作的人還在排隊呢，不過妳以後也不要想著可以好好活下來——如此這般說完，接著把前往中國或其他東南亞國家的機票推來，要她處理完工作就到國外避一段時日，之後這世界就會忘了她做過什麼。

她猛然停下腳步，抬起頭，才發現自己不知不覺走到市場來了。一個經常看到，在這附近徘徊的老人一直盯著爪角，使她有點在意，不過那個老人似乎神智不很清楚，讓他看到臉應該無妨。更何況，她在這個市場裡也不會做什麼。就算要做什麼，思念也好、情愛也好、怨恨也好，在那個只活在昨日記憶中的老人眼裡，一切很快就會被抹掉。

但是，此時有兩件事讓她陷入長考。第一：比起尋找救姜醫師父親的方法，更重要的是，這次任務考驗著以死亡為前提的她僅存的專業精神……但是，如果目標不是姜醫師的父親，而是姜醫師本人，她的想法會改變嗎？再者，她想盡量減少目標承受的肉體痛苦。就本質而言，這已是她二度懷抱著不可能的期望。第一次是她懷的孩子的父親。小孩那時被送到國外，與其說是程序問題，不如說擔心孩子會被「某種人」清除掉。因此趕緊送走，連名字也隨便取取，並且迅速處理了孩子的父親。從那以後，雖然她進行任務的目標裡也不乏認識的人，但她再也不會像當年那樣感到悲哀、遺憾且焦躁。

她想像著從背後摀住姓姜的嘴，用自己的刀子在他脖子上俐落畫出一道弧，這樣一來，就不會有時間感受疼痛，瞬間就可以要他的命……可是不行，身高差距太大，除非他坐著，否則根本不可能成功。那麼兩側大腿呢？不，這不符合她想盡量減輕對方痛苦的想法。不然心臟……？可是這也有困難，如果不是天時地利人和，很難一次就以拿捏得宜的力道準確觸及心臟深處，爪角的力量已經不如以往。她的想像繼續來到另一種場面，然而不知怎麼，當她一抬頭，茫然若失的姜醫師卻正看著這邊……不再像以往那樣泰然，也不是詫異，而是充滿恐懼和嫌惡的眼神。

這時該對他說什麼好？

忘了吧。

她停下腳步。

不知怎麼，類似的場景好像實際發生過，她彷彿曾對某人說過同樣的話。

她在防疫工作現場被第三者目擊的情況並不多，那是什麼時候的事？一時之間，她突然感到寒氣襲人、鼻腔發癢。

「那個，夫人。」

她猛一回頭。是那名在附近徘徊的老人。他第一次開口對她說話，之前給他水果時，他也只是眼睛一亮，定定地凝視著罷了。

「你是在和我說話嗎？」

「有沒有看到我老婆？在前面的老人亭那裡。」

嚇死人了。爪角呼了一口氣。

「這附近沒有什麼老人亭啊。」

「附近不是有K區的老人會館嗎？」

「這裡是S區市場，您如果迷路，要不要幫您聯絡家人？」

雖然只是幫助一個總在同個地點打轉的老人，向派出所報個案，她卻相信世上所有人都該說些溫暖親切的話，所以就提到了家人。然而，她的話卻讓老人突然發起脾氣。

「誰說我迷路？我家就在前面，可是不知道誰半夜把梁柱偷偷拔掉，我家不見了，老婆也不知道跑去哪裡了。」

爪角心想，他口中的老婆說不定已經離世很久，便決定不再理他。

「是，總之我沒有去老人亭，所以沒有見到您的太太，您請回吧。」

這一刻，她非常真心。儘管自己現在還很硬朗，但如果有一天像他一樣，連回家的路都忘記，她寧可順帶將遭遇到的一切全忘光，那樣說不定心裡會舒坦些。像這樣直到死的那天都被反覆困在昨日記憶中的人。她如果變成那樣，過去各種事件也像串在一起的黃花魚乾那般不斷從她嘴裡冒出，鐵定十分可觀。而聽到各種未破懸案的人們——是說，到時她身邊還會不會有人都不知道呢——一定會說她講的全都是瘋話，把她關在裝滿鐵窗的特級精神病院。當然，其中一定也有人會認真地相信那些，那麼過不了多久，為了堵住她的嘴，由那些人指示的防疫者會假藉探病的名義或假扮成醫護人員去找她，並在護理師的注射針筒裡滲進些什麼東西。

這時爪角身後傳來老人的自言自語。

「去哪裡了……一個人行動也不方便，我應該要抓著她，應該要守著她才對啊……」

所以不要製造需要守護的東西。

她不禁想，她究竟是想減輕姓姜的痛苦，還是想守護自己的心意呢？於是乎，她一邊權衡著自己到底是哪一種，一邊走向地鐵站。

說那種話的人卻以最愚蠢的方式離開。

那時爪角不過二十六歲，那裡也不是只有名片的空殼公司，而是設立了掛有防疫企業名稱的辦公室，有專門負責電話聯絡和資料傳達的職員，還有兩名管理倉庫的常駐職員。他們很清楚雇用自己的實際上不是在掃蕩老鼠和蟲子的勞務清潔公司，但也理解自己所驅除的對象，本質上對某人而言根本等於老鼠或蟲子。他們之中，管理倉庫的人日後會將物品藏在安全處，再不斷引進新物品，以專業銷贓業者的身分獨立出去。

那時流幾乎已經不出面了，大部分的工作都是爪角自己處理。流只有在需要見非常重要的委託人，或要拉新關係時才會同行。他也持續從其他地方挖角新的防疫者過來。你也是按照以前用在我身上的方式去挖角新的防疫者嗎？爪角有時想這樣嘲諷他，但終究沒有問出口。新入門的大多數是男性，臉上有著深深的傷疤，或是手臂上滿滿的刺青，人人都帶著一股自信，散發想當年我也料理過幾個活人的感覺。

人員增加，規模也變大，自然會得到一些權貴的信任，因而把工作交給他們。一個個的防疫者手中的案子也呈等比增長，但相反的是工作的安全度下降。經過深思熟慮、挑選再挑選的人才，其中卻沒有能夠唇齒相依的關係，各自懷著不為人知的欲望，或乾脆就這麼顯露出來。即使能夠共享並好好守護的祕密與保安原則，也開始被人亂搞了。趕走形跡可疑防疫者的動作總是慢一步，受到驅逐的防疫者之實力和行動能力其實也不容小覷，因此經常招來後患。

失去粟和孩子後，兩人賣掉位於小溪旁、有田地環繞的靜僻獨棟房舍，搬到只要走一會兒就能看到皇家飯店的市中心。他們的辦公室和住處都經常變動，同時也要避免兩處搬移的時間重疊。如果只考量安全問題，住在不固定的旅館之類的當然比較好，但流相信，就算不常回家，對人來說還是應該有個能夠倚靠與停留的場所。像流這樣的人——都因為那樣殘忍的方式失去了家人——對於家就是一切的根基的神話依然那麼堅持，實在令人意外。家裡不是只有人，還有簡樸的家具、多的衣服、廚房用品等瓶瓶罐罐。那些瑣碎的物品後來成了負擔，然而負擔實際上就是構成家庭最重要的因素。除了搬家外，沒有其他方式可以移動它們。爪角把家看作需要有個地方放剩一半的糕點之處，或可把嚼過的口香糖黏在牆上。雖是習慣隻身逃亡的人，流卻意外對家很執著。即使他不喜歡聽到「去去就回」這種話，也活得像沒有明天的人。看來，這應該是一種輕微的精神症狀吧。

是啊，隨時都準備離開，只帶一個包包，輾轉於不同旅館之間，這麼做不會給住家或辦公室帶來過大的威脅。只要能忘掉包包裡放的自製炸彈，或被亂刀刺死的動物屍體，將家當成從疏離的熟人久久一次寄來的明信片，或無法痛快斷捨離的戀人情書。許多權貴人士為了威脅他們會寄東西來，但隨著公司聲勢越來越大，已離開的防疫者在外面海撈一筆又再回籠，終於到了再也無法承受的地步。流決定把大家組織起來，整頓一番。

流雖然不親自出面處理工作，與權貴之人還是頻繁往來，以維持好的合約關係，所以也常不在家。實際上，家裡常駐著一位五十多歲的幫傭。她在辦公室負責接聽電話，做了兩年。得了慢性喉炎退休後（不過和她的工作無關），就在流和栗的家裡幫忙，搬了家也還是跟著過來。她以最少的費用將家務精打細算處理好；她做菜，把家裡擦洗得一塵不染，剩下的生活費補貼工資一起匯給兒子媳婦。做為頂頭上司的男主人幾乎整天不在家，漸漸，她會橫躺在主人的沙發上，十分享受地看電視、睡午覺，不像過往在辦公室那樣會有打電話來找麻煩的人，生活費很充裕，工作也感到很滿足。有時爪角很晚回來，打開玄關門時聞到烤青花魚的味道，聽到湯鍋裡南瓜煮滾的聲音，看到婦人的背影，都會感到莫名安心。

這也許這就是流所相信的「家」，產生了神話一般的作用吧。

那天凌晨，流與爪角和一位很受敬重的人……代理的代理見面，之後便出事了。

平常那種場合爪角會婉拒出席，但因為代理人堅持要見，爪角還來不及整理衣著，連血腥味都不及去除就被叫過去。在她殷勤填滿空酒杯時，代理人把原本叫來的小姐趕出去，繼續使喚爪角做這個、做那個。爪角到時，一坐下代理人就叫她過來，坐在自己旁邊，從爪角的長相開始評論，說什麼怎麼沒有穿裙子或洋裝出來呢？故意這樣挑東挑西地找麻煩，既摸她的頭髮，又摸她的臉，說她這麼纖細真能辦得好事嗎？還抓住她的手腕揉啊揉，流一直在旁邊看著一切經過，只有臉色微微蒼白，卻並未出面制止。爪角對流很生氣。你就只管自己想做的，我的心情如何你完全沒有想過。我看你是根本忘了「心情」這種東西的存在吧！怎能眼睜睜看著這一切還無動於衷？但這些抱怨全無意義，他應該會反過來嘲笑說，妳該自己守護自己吧。如果使眼色問可以殺了這傢伙嗎？會怎麼樣呢？流應該會回說，就算他叫妳脫衣服也得脫。

反正，就算只用眼神也是可以答非所問的吧。

離開後，流追了過來，她輕輕甩開流搭在自己肩上的手，偶然抬頭一看，發現家裡每扇窗燈都是關的，或許是太晚了，幫傭先睡了吧。爪角這樣想著，拿出鑰匙插進大門的鑰匙孔內。

推開門，透過小小的縫隙，卻感覺家裡完全沒有一絲暖意，就算幫傭節儉到捨不得用煤碳，可是雇主不知道什麼時候才回來，晚上家裡一定會燒著煤碳，而且半夜會起來換新。現在是凌晨，應該是換好新碳的時間。爪角頓悟，家裡一定是出了什麼狀況。她再把玄關大門關上，同時從槍套取出柯爾特點四五手槍，這時，站在身後的流也準備好了，兩人在黑暗中以眼神示意，彼此點了點頭。

爪角一腳把門踢開，同時單膝著地滑了進去，兩人都打開扳機，在黑暗中流動的只有槍往左或右描準的輕微金屬聲，屋裡什麼反應都沒有。流站在原地迅速察看，接著打開客廳的電燈開關，一眼就看到沙發後方垂著的幫傭手臂。爪角走近一看，她的臉看起來很平和，眼睛閉著，不見明顯外傷，只有從咽喉流出的血凝結在沙發皮革上。

這時掛在玄關上端的什麼東西掉了下來，滾著滾著，滾進了沙發底下。因為受到衝撞，似乎有什麼東西啟動，底下傳來尖厲的時針聲。就連「快跑！」都來不及說出口，一瞬間就爆炸了。

爪角睜開眼時，流正沉沉地壓著她的肩膀和頭部。她從流的懷裡掙扎起身。地板碎了，沙發和幫傭的屍體被彈起，造成了一定程度的緩衝作用，和流的下半身一起飛走。四散的下半身軀體其中一隻腳踝在破碎的客廳窗戶前滾動。

流的眼皮在顫抖，一邊臉頰上濺著大量的血，臉也在顫抖。他含含糊糊不知道在說什麼。爪角把流臉上的血抹去，捧著他的臉。

「室長……」

無論什麼時候，守護自己就好。爪角緊咬著牙，說不出話。如果他最後有想要傳達的訊息，一定要好好傾聽。因為想看清楚他的模樣，所以眼睛絕不能被淚水遮住。他用力抬起剩下的上半身，頭靠在她的膝上，臉上似乎帶著一抹淡定的微笑。

那次事件後，她像患躁鬱症一樣異常活躍，首先以老練的手法一一整理堆積如山的問題——可能是當成送給流最後的禮物和誠意吧。她將零碎的資料依照年代分類，還把之前原本打算銷毀、大概整理後先擱著的東西再挑出來，以避免遺漏。她辭退常駐職員，對配合的自由接案者發出終止合約的通知，同時會見贓老爹及製藥公司相關人士，包含藥師、化工藥品從業人士等。然而，在檢警同行的場合遇到大企業的代理人時，他們紛紛嘆息說再也找不到值得信賴、可以委託的人，因此力勸她復出。有些場合也有政治人物加入，但她堅決表示自己什麼也沒學會，唯一堪用的只有身體。流不在，她什麼事也做不了。但實際上她心裡有兩個想法：這些臉上掛著笑容、圍坐在一起的人當中，可能就有下達指示處理掉流的主謀。而那個人應該也能預料到，在轉身的瞬間自己背上可能會被插上一把刀。

但是，在那個場合站起來轉過身的爪角，背上插的不是刀，而是一位長官說的話。

「妳在那種情況中活了下來，代表妳帶著天命。」

那命才不是老天給的，是流給的。爪角抓住門把，像吞口水一樣將那句話嚥下去。

「這不正說明妳是要注定繼續做這行嗎？妳聽聽看：一個組織呢，如果有一天頭頭突然感嘆人生無常，什麼都不想做了，說要洗手不幹，並把下面的人都叫來，說我們從今天起解散。即便如此，組織不會馬上消失不見，運作到一定規模的組織可不是頭目說拆伙就拆伙，組織走的路是無法輕易改變的。就這一點來看，頭頭其實和老么沒兩樣。一個已建立起來的組織早被吸收到更大的秩序中，那麼，接下來能撼動組織的就是那個秩序。一直到機器的零件全部脫落，再沒有其他替代品出現。當然，替代品遭消耗的速度也不亞於量產的速度。如果妳不太會動腦，就像以前一樣動手就好，動腦的事我會找個聰明可靠、信得過的人來做。妳想想，如果現在就斷手斷腳，不覺得太可惜了嗎？」

她意識到必須接受提案是在幾個月後。爪角走在路上，頭上方突然掉下一個花盆。像這類帶有警告意味的小意外經常在身邊發生。到底是立刻跟著流去算了，還是盡可能活下來，越晚與流相逢越好？流的期望到底是哪一個？她苦惱了好一陣子，也想過或許流的期望並不在那兩個選項之中。要承襲流的遺志嗎？她從沒有這種想法，所謂最初的遺志也從未存在。開始防疫這一行後，生命不再只是現在進行式，而是隨時可能終止。她對未來沒有任何期待和盼望，只是這麼活著。今日因為眼睛能夠睜開，所以能夠延續生命。她不會以此確認自己存在的理由，也不給予自己的行動任何論證或附加意義。不努力去活，只為早點離開人世。她對身體也不做任何保養，只因脈搏沒有停止就這麼行動，就像個以優良零件組合而成的機器。雖然偶爾會想起流，被他生前的提醒所牽引，只是這麼將身體當成工具。除去手掌的繭變厚的感覺，再也不會產生因為想到流而內心澎湃、激動甚至心痛的情況。

她，正在變老。

下午四點，老姜像平常那樣在幼稚園大門外按下電鈴。但鈴按下去的感覺有如洩了氣般疲軟無力，連續按了好幾次都沒發出聲音。他心裡覺得納悶，輕輕一推門打開，沿著走廊走到盡頭的教務室敲了敲門，海妮班上的導師出來打招呼。

「您好，我是來接海妮的。對了老師，你們的電鈴如果壞了，是不是也貼個公告……」

老師搖了搖頭。

「電鈴好好的啊，沒有聲音嗎？」

「啊，我們家的電鈴也這樣，太老舊了。如果天氣太冷，整個冬天都會滋滋叫，聲音出不來。不過你們的大門原本就是開著的嗎？」

「喔？是嗎？但我們是用Digital Auto Doorlock（電子自動門鎖）防盜系統，怎麼會這樣呢……」

老師滿口英文，聽得老姜一口霧水，只得乾咳一聲轉移話題。

「總之，有時間還是找人來檢查看看吧。麻煩您叫海妮出來。」

「我們的大門只要關上就會自動上鎖，除非整個拆掉，否則從外面是打不開的。我現在就打電話叫海妮下來。」

老師走進教務室，拿起桌上的內線電話，幾分鐘後卻面如死灰地跑出來。

「爺爺不好了，海妮不見了。」

老姜一時沒有理解這話是什麼意思，只是眼睛眨呀眨。

「書包和外套都還在，說是要去上洗手間，但去了很久，剛才去洗手間找也不在……」

聽到這裡，老姜全身的血液彷彿一瞬間全衝上腦袋，心臟也開始亂跳。原因不明的驟變壓垮日常節奏，未知的恐懼帶來極為真實的感受。

파과

破果

爪角來到水果店，但今日店門深鎖，門上沒有任何用簽字筆寫著「今日公休」之類的告示。她仔細思考著自己執意來到這店鋪到底是為了什麼。在這種時候，應該盡可能避免與防疫目標碰面，她居然還刻意來買水果？

或者其實是相反，她要告訴他們實情，叫他們暫時先把店關起來，待在家裡不要出門。但老姜既然是商會會長，這就不是單純把店關起來就能解決的。要勸他把會長一職讓給別人、先避一避嗎？但不管再怎麼真誠地警告，除非她揭露自己的真實身分、說明緣由，否則對方只會覺得一頭霧水。再者，指定目標的委託人並不會因為目標換個職位就輕易放過。

她無能為力。

即便如此，看到店門深鎖還是讓她相當在意。是看起來身體不好的老闆娘病倒了嗎？還是老姜的腰痛變得更嚴重，沒有辦法再去送水果，也沒有餘力僱用年輕工讀生來幫忙，所以讓妻子在家休息？人們不再到傳統市場裡買水果了。本以為比起各種工業產品，蔬果在市場還是有一定的地位。尚且不談人力成本，無論如何還是需要能使力氣的人啊，總不能老讓單是用雙手抬起西瓜都做不到的老女人和孫女守著店鋪啊。

這時，有人從後方用力扯爪角的後領，她立即以反射動作將頭往後仰，用中指的指骨往後一擊，敲了那人的人中，不給對方任何喘息的機會。緊接著她肘擊對方下腹，再一個轉身抓住他衣領，壓上店門。這時她定睛一看——是姜醫師。

不知道為什麼，他身穿便服、沒披白袍，在這個時間來到父母的店鋪。對方卻主動開口。

「抓到了。」

這話應該是誰來說啊？被抓住一動也不能動的明明是姜醫師，卻說出這樣的話來，爪角差點噗哧一笑，但看到他一臉憔悴，連鬍子也沒刮，嗓音乾啞，便直覺不對勁。

「是妳對吧？就是因為妳我們家才會發生這種事。我想應該很快就會在什麼地方見到妳，沒想到就在附近。」

「發生什麼事……」

她鬆手放開他，姜醫師立刻滑坐在地，不停咳嗽，衣服變得亂七八糟，攤坐在市場地上。他的門牙好像也受傷了，咳出的痰裡混著血水。爪角頓時有點不好意思，悄悄將手放進大衣口袋。

「你好像受傷了，是不是應該去醫院看看？真是抱歉，不過你為什麼要從背後這樣嚇人？有什麼事嗎？這個時候怎麼不在醫院，卻在這裡？」

「還不都是因為妳！妳到底想對我們怎麼樣？」

雖然穿起白袍和穿起便服一定不會一模一樣，但眼前這副模樣的姜醫師是她完全沒有想像過的。對方語氣前所未見的尖銳凶惡，彷彿對這個世界、對站在面前的她極度憎惡輕蔑，激動到直發抖。爪角不知道自己的計畫是在什麼時候、又是為什麼會洩露到外部，不禁大吃一驚。可是事實上她目前什麼都還沒有做，只能努力裝出泰然自若的模樣。

「你到底在說什麼？我只是來買水果，看到門關著我還在想不知道發生了什麼事。」

姜醫師從口袋拿出一張摺成四摺的複印紙扔向她，硬梆梆的紙在空中旋轉，飛過來打在她的鼻子上。

「我看妳看過之後是不是還敢裝不知道！」

她打開紙張看時手指在顫抖，姜醫師無視那動作，蹣跚地站起身。

「孩子不見了。」

說完，他終於放聲痛哭。

孩子的父親緊急向醫院請了假趕回家，拉著老父母的手，拍著他們的肩膀安慰說不是他們的錯。然而他自己也搞不清楚為什麼孩子會不見。也早早聯絡了長年疏遠的孩子母親家，那是由孩子的外婆和未婚阿姨組成的單親家庭。孩子母親過世後，兩家人為了各自處理傷痛，願意讓步，也不曾與姜醫師鬧翻。只要提出要求，不管什麼時候想看孩子都可以。前年中秋節還刻意帶孩子與他們見面。重點在於，如果娘家的人想把孩子帶走藏起來，大可以用外婆或阿姨的身分，光明正大去幼稚園請老師叫孩子出來，不需要刻意破壞幼稚園的自動防盜門鎖。

雖然此事發生還不到二十四小時，但失蹤的是一名六歲兒童，所以警方還是派了人來到老父母家中——但這些人來了只是自顧自的在庭院裡抽菸，有個人還說，以前根本不可能在事件發生未滿二十四小時就投入搜查人力，聊著聊著還把菸頭插進花盆，東扯西扯，居然聊到什麼古早時候的事，被誘拐孩童生存的黃金時間是七十二小時，近來有些家長心急如焚來報案說孩子不見，警方也立刻受理，但查到最後發現只是單純蹺家，造成搜查人力的浪費，這現象在網路上也引起熱烈討論。

警方調閱社區內的監視器，發現有一部監視器捕捉到一名女性將一個沒穿外套的小女孩帶走的畫面。由於畫質並不清晰，還有多處雜訊。警方詢問了失魂落魄的祖母，這孩子是妳孫女嗎？她只是眼睛一眨一眨，沒有一點把握，此外就再也沒有更多進展。因為畫面太小，拍攝對象距離太遠，格放拉大後畫素粒子太粗，根本看不清楚。祖母也記不得早上孫女到底穿什麼衣服，從未幫女兒穿衣的父親更說不出個所以然。除了拍到的時間和失蹤時間一致，沒有其他可能。那麼，認識那個女人嗎？影像太模糊，不管再怎麼揉眼睛仔細看，還是看不清長相，甚至也不能保證那個人一定是女的。

警方詢問，是否有在幼稚園事先做過防止誘拐的指紋登錄？姜醫師和老父母一頭霧水，都不知道那是什麼。警方心想，現在的年輕父母理所當然會登錄吧？於是直接用電腦查詢，但確認過資料庫後發現裡面並沒有資料。實在太誇張了！警方轉頭看著孩子的父親，沒有登錄嗎？先生，您也認為由國家收集屬於個人生物識別的指紋登錄，等同共產主義者的作為嗎？所以才拒絕將女兒的指紋登錄進去嗎？姜醫師雖然生氣，但也沒有力氣再抓住警察的衣領了。既然請求人家找孩子，他們就等同合約中的甲方，乖乖照人家的指示做就是。

姜醫師其實並不是細心的爸爸，連每個週末打開孩子的書包，拿出幼稚園給家長的聯絡簿都沒有。孩子的母親離開人世後，雖然想過要好好父代母職，但他用體力、生活與天生的性格為藉口，湊合著請母親幫忙照顧，什麼都依賴年老的父母。幼稚園無庸置疑發送過指紋事前登錄的說明及申請書，但姜醫師根本沒看過。而老母親就算看到說明書，也不會知道裡面寫的是什麼。也許曾經拿出來，心想等孩子的爸回來再和他說，但彼此工作都忙，連見面的時間都不怎麼多，就這樣一天拖過一天，直至今日。

兒子和父親沉默不語，老母親則是半昏厥地躺在沙發上。警察圍著家裡的電話，安裝錄音及追蹤發信來源的裝置，但是索取贖金的電話並沒有打來。姜醫師突然想到，如果有人來要錢——這麼一個快關的水果店和兼職醫師組成的家庭，到底有誰會來要錢？——也可能打自己的手機吧。但他的手機放在醫院，忘了帶回來。姜醫師向警方提出想回醫院拿手機的要求，畢竟這類的孩童失蹤事件背後很多是家暴或精神疾病所致，父母也會成為被懷疑的對象。姜醫師也知道，所以猜想會有一名警察陪同他去醫院。但警方以人力不足為由，確認過姜醫師前一天整日都在醫院看診後，便讓姜醫師自行去醫院。

一到醫院，護理師就面色凝重地拿了張剛剛收到的傳真給姜醫師。看過傳真內容，姜醫師愣了好一陣子，直覺聯想到這與那個可疑的老婦人有關。依據她的態度和所做的工作，他推測了一下，決定在將這張傳真交給警方之前先和老婦人見個面。

「可是妳在病患資料上留的電話是假的，連名字也是假的。好，我想妳應該還沒結束，會再回到這裡觀察。妳到底想從我們這裡得到什麼？為什麼要找我們麻煩？我們家海妮現在到底在哪裡？」

這時，爪角正將腦海中片片散落的碎塊拼湊起來，根本沒聽清姜醫師的呼喊。

孩子吃飽了，正在睡覺，身上穿著新買的保暖外套。或許因為是水果店的孫女，她不太喜歡吃水果，在這麼冷的天氣裡反而吃了兩杯香草冰淇淋。不過她沒有拉肚子，所以不用擔心。晚餐她吃了牛皮菜湯和烤白帶魚，早餐則是蘿蔔泡菜和荷包蛋。我幫她買了新牙刷，她是個自己刷牙刷得很好的小丫頭。告訴您這些事呢是希望能讓您安心一點。如果想再見到孩子，五號下午兩點，叫那個老奶奶務必到以下地點——叫她一個人來——再提醒一次，是五號。如果現在就告訴警方，就算去了也不會有任何收穫，只會讓孩子陷入更危險的地步。五號那天除了老奶奶之外若還有其他人出現，孩子就無法活著和您見面了。

接著下面寫了一行看不出在哪裡的地址。傳真內容看似禮貌周到，語氣卻極為冷酷，又隱約透著嘲諷。

「傳真裡說的老奶奶除了妳還會是誰？難不成是指海妮的奶奶嗎？真是太令人火大了，妳倒是說點什麼啊！我們是對妳或妳的家人做了什麼嗎？我不是一直都把嘴巴閉得緊緊嗎？不是都照妳說的什麼都不要做嗎？是說我對於妳到底是做什麼的，一點興趣也沒有不是嗎？妳為什麼要來招惹我們？我們只想安分守己地過日子，妳到底想要怎麼樣？」

「安靜！」

爪角彷彿要盯穿另一面似的看著傳真紙，一面喝斥了一聲。她的思考迴路斷斷續續，思緒各自奔往混亂的方向，反覆凝聚成形。最後，她終於釐清一切：發出這張傳真的人是鬥牛，是他在召喚著她。

以老姜為目標的委託人用的是假名，目標並不是老姜，只是為了分散注意力。鬥牛的目標是這家人，而最終目標則是她，**爪角**。

那小子怎麼會變成這樣？雖然姜醫師正在哭喊著問到底想怎麼樣？但真正想問這個問題的其實是她。她細細回想過去幾年是否做過讓鬥牛心生仇恨的事，但她無論何時都專心一意做著自己的工作；無論何時，他們頂多是擦身而過，一季也難得見一次面，就算見了，交談的時間也不多。他若挑釁，通常爪角不是回擊就是不理。爪角認同他的實力，不過對他沒什麼興趣。當他冷嘲熱諷，爪角感受到的不是明顯的敵意，而是奮力的自我膨脹。事後再回想多半就是一笑置之。整個回想起來，她的心境就像看著一個維持著恐怖平衡的家族，在某一次的衝突中，小兒子突然把餐桌掀翻、消失不見。此後一年只露面兩次，每次出現就到處找碴撒野。爪角早已過了想緊握著什麼不肯放的年紀。對她來說，那小子看起來就只是個普通的路人。雖然不認為是私下可以相處的對象，但至少已不把他當成隨時需要警戒的人。然而……這個情況是從什麼時候改變的？是從她以滿足的心情回頭望著水果店祖孫開始的嗎？

可以確定的是，應是從她凝視著姜醫師時開始的。

「姜醫師說的沒錯。」

她靜下心，把紙摺好，但並未還給姜醫師，而是放進自己的包包。

「你的判斷沒有錯。若交給警方，或許有助於逮捕發這封傳真的人，但也會增加找到孩子的困難度。從現在起，就交給我來處理吧。」

姜醫師用盡所有力氣，積聚口中的唾液用力往地上啐。然而，對於這種連他自己都不熟悉的模樣，爪角覺得一點威嚇力也沒有，只是看起來很可憐罷了。

「妳說點人話吧，不管怎樣，現在已經確定問題就出在妳身上。我要把妳和那封傳真一起交給警方。」

「你要那樣做也無所謂，但孩子真的會有危險的。」

「好啊，試試看啊，只要敢動我女兒一根汗毛，我才不管這個國家的法律怎麼規定，妳、還有發傳真的人，我一定會把你們殺了──不管用什麼手段，就算逃到天涯海角，我也會追去殺了你們。我們家根本就和你們無冤無仇，是你們自己有恩怨，結果把無辜的我們牽扯進去，對吧？但為什麼偏偏是我們家？我實在想不明白。不過，我把前後關係大概串連起來想過了：妳不是單純的殺手，而是超乎我想像的危險人物。我救了一個不該救的人嗎？但那件事已經過去很久了啊！」

對不起，都是因為我，我無法將你從視線中抹去，那目光動搖了我的心。事實上連我也摸不著頭緒，不知道為什麼這會使你們成為目標，但可以確定的是，那小子對此十分不滿。

爪角沒有把這些話說出口，只是沉著地承諾道。

「我會去把孩子找回來，無論如何都會讓孩子回到你身邊。雖然很困難，但請你相信我。總之，絕對不能找警察。」

「自己牽連了無辜人士還敢指使這、指使那？拜託妳別無理取鬧嗎？不要管了，我會把你們全送進牢中。還等到什麼五號？不可能，明天、後天……孩子會平安嗎？不管是哪裡，我一秒都不想讓孩子待在那個地方，如果不想把傳真還給我就算了，反正我已經拍下來……」

雖然表情扭曲、語無倫次，但姜醫師到最後都沒有表示後悔。是我腦子壞了，當時不應該救人，上了麻醉之後就該通知警方……面臨失去女兒的悲痛，正常人都會那樣怨嘆，但最終他還是沒說那些話。姜醫師突然像是想到什麼似的睜著空洞的雙眼，拿起手機做勢報案。爪角看過那種眼神，不久之前的暴發戶臉上就出現過。那件事後來由公司找其他人出動，順利完成，之後委託人便像是完成了在世一切任務那樣，帶著平和的表情上吊自殺。屍體不知道後來有沒有被人發現。

爪角霎時間不自覺踹了姜醫師的手腕，手機飛到十公尺外。看到姜醫師一臉目瞪口呆，她立刻感到後悔不已。不管什麼時候，反射神經都是一大問題。明明只要抓住手腕就能將手機奪下，不然用手拍掉也行，她就偏要出腳踹……為了不洩漏慌張的神態，她低聲且快速地說。

「沒錯，被誘拐的兒童過了黃金七十二小時後生還的機率很小，但那大部分是以勒索錢財為主的綁票案件，現在孩子是平安無事的，我可以保證，你不相信也沒關係。但是如果你還想再見到女兒，就照我說的去做。不要告訴你的父母，如果突然改變態度，會引起懷疑，所以也不必要求家裡的警方撤離，只要按照原來的安排，讓他們竊聽即可。四十八小時內如果沒有接到任何電話，警方自會知道該改變調查方向。電話是不是已經裝了什麼裝置？」

姜醫師一副半失神的模樣，喃喃說道。

「如果是那樣，我會自己待在這裡嗎？如果家裡沒有電話也會採取一些措施吧。」

「那就去拿手機，反正就算你這麼做也不會得到任何聯繫。孩子現在沒事，當然，我相信你會希望那孩子持續這樣下去吧。」

她把包包裡的傳真紙拿出來，撕下地址，其餘交給姜醫師。

「發信者的個性假設如我猜想，得知警方看到這傳真內容的同時，他就會把孩子處理掉。若我按照上面的指示單獨赴約，會不擇手段把孩子安全送回來。如果六號中午海妮仍沒回來，到時要怎麼處理都隨便你。但在那之前，你最好什麼都別做，耐心等待，在這上面寫的期限之前千萬不要隨便行動，以免誤了大事。」

她留下姜醫師，轉過身，肺裡感覺有如茶水沸騰，蒸氣湧上，被茫然填滿。到了這種地步，就連默默在旁凝視他身旁的景色想來也是不被允許的吧。在剩下的日子裡，她應該是再也見不到他了。爪角搖搖頭，拂去有如落在肩上的灰塵般的悲哀，以對鬥牛的憤怒取而代之。同時，她緊抓著那股憤怒不放，以免轉成對於能否戰勝鬥牛的恐懼。

「不過話說回來——」

姜醫師感覺有點猶豫地拉住她的後領。

「即使這樣，也不代表我後悔。」

那句話與其是對她說，不如說是講給自己聽。這就像呢喃的咒語，而這樣含糊不清的一句話似乎把她從無底洞中撈了出來。

「我知道。」

慶幸的是，因為最後聽到了那句話，在離開前用眼角餘光瞥見那張臉孔——比起憎惡，有的更是悽涼悲傷與一絲懇切。至少那張臉還有展現出其他表情的可能性。

覺得完全脫離姜醫師的視線後，她才感到剛才踢他手腕時出了力的右腳踝和骨盆一陣痠痛。爪角一跛一跛地走著，盡可能分散單腿必須承受的重量。即便如此，她依舊無法不因疼痛而流下眼淚。

파괴

她拿出很久沒有使用的槍。那是零件分解且拆開保管的柯爾特點四五。最大有效射程約四十公尺，雖然目前單手描準沒有太大問題，但能不能命中二十公尺以外的目標，她自己也不確定。然而仔細想想，她有可能與那小子以相隔四十公尺的距離展開對抗嗎？應該不會吧。

彈匣內有七發子彈，一發裝填在膛室，但子彈年歲已久，弄得她有點不放心。說很久是很久，買來至今也不到十五年，一向以密封狀態保存，成為啞彈的可能性不高。但在這一刻，對於所有可能出現破綻的事她都感到不安，就像自己已無法隨心所欲的身體。即使結構再堅固，成分再簡單、再明瞭。但是，包含人的靈魂在內，這世上沒有不會自然磨耗的事物。存在於世的所有物品就像年老的肉體，延續性遭到截斷，可能性被狹窄化。雖然目前槍管的壽命應該還很充裕，還是趁這個機會換過較好——或許需要再弄個備品也說不定。還有，真皮的傳統背心式槍套現在看來太過笨重。

就這樣，基於一個又一個的藉口，她決定去一趟銷贓人那裡。

拿了車鑰匙、走到玄關，她習慣性地回頭看看無用，牠只是打了個大大的呵欠，彷彿不管主人出不出門都不介意。因為天氣乾燥，水碗裡的水已乾，無用似乎渴了，不停舔著乾枯的碗底。因為必須慎重挑選需要的裝備，可能會花比較久的時間。她在家中掛了六、七條用開水浸溼的毛巾，再往無用的碗裡裝水。水才剛倒下去，無用就像渴症發作似的跑過來把頭埋進水碗。最近因為發生了一連串使人精神耗弱的事，她似乎對無用有些疏忽。倒不是說以前對牠有多費心或特別疼愛，但幸好有自動餵食器，能像供應空氣一樣不需刻意留心，及時提供飼料。出門之前，她沒有忘記確認小窗的鎖掛上去了沒。關上大門時，她心想，等這次的事解決後，只要天氣好就多帶牠出去散步吧。就像一般普通老婦人用繩子牽狗散步，追逐著狗兒越來越快的步伐，上演一幅不知道是人拉狗還是狗拉人的畫面，藉著帶狗散步，可以與其他人有眼神接觸，讓無用和社區裡其他狗朋友見面，彼此能以眼神互相探索。也許其他狗主人會談論什麼血統或雜種之類的話題也說不定。

她竟把這種不過是日常生活的平凡約定看成了命運，鬥牛果然是個很難對付的對手。

如今直接到模型店買模型的客人很少了，大多是在網路上宅配。所以雖然名為店鋪，實際上更像倉庫。

事先接到聯絡的小韓聽到門口的風鈴聲，揉著眼睛走出來。

「過得還好嗎？」

爪角問的不是眼前這個四十出頭的小韓，而是他的父親老韓，也就是早年合作的搭擋。

不久前，老韓接受大腸癌治療，但這治療不過是象徵性的表面工夫。老韓已經七十歲了，與一直持續運動的爪角不同，他身體非常虛弱，光是能挺過手術就夠讓人大吃一驚。不管平均壽命是七十還是一百，都不能當作衡量身體健康的尺標，平均壽命提高只是以科學和醫學拖延死亡來襲的時間，並不能填補流失的效率與身體品質。在延長生命的夢想中，那些將重點放在「延命」，使平均壽命來到百歲世代的老人，許願時總會忘記「年輕漂亮的面貌」這個選項，最後只剩下布滿皺紋的臉與直不起的腰，延續著苟延殘喘的餘生。

兒子小韓似乎想省略寒暄問候。

「老樣子，進來吧。」

進了倉庫，小韓把訂購的東西拿出來。

「以前那些皮製品現在來看都太重了，要怎麼用呢？又不是要全副武裝行軍。現在都用這個了，怎麼樣？這種快拔式槍套可以嗎？這樣掛著很牢靠，不會掉下去。如果不放心，也有鈕釦式的，不過妳需要好拔的，不是嗎？」

爪角摸著小韓拿給她的尼龍材質槍套。對方一絲不亂地將彈匣袋的彈匣裝滿，接著看他掏出史密斯威森四三八手槍與閃光彈。

「不誇張，這個要取得真的不容易。這閃光彈比一般尺寸縮小了百分之三十，但性能一模一樣，要躲起來投擲很容易，力氣太大搞不好還會插在什麼地方，如果您要找原本的尺寸也行，這個是我額外拿來的，如果是我，就會用這種迷你型的。」

「好吧，就給我迷你的，畢竟手臂也不像以前那麼有力了。」

她不想再聽小韓自賣自誇，含糊笑著搪塞過去。

「如果手臂不太使得上力，最好不要用柯爾特點四五，我自己試過，肩膀簡直像快廢了。如果方便的話，再給我多一點時間，我可以去打聽看看能不能弄到Ken Lund二六型或其他小型手槍。」

「我知道很費力，不過已經用習慣了，就這個吧。老人家的性子就是這樣，其他的就不需要了，反正時間也不多。」

「那麼您就盡量不要太勉強，不然就用四三八吧……槍套和備品我可以理解，但為什麼需要閃光彈呢？不過，如果是要進行大規模游擊掃蕩之類的，就另當別論。」

「到底會發生什麼情況我也不知道，總是有備無患啊。別廢話，都裝袋吧，誰知道會不會用到？如果能不用當然最好。」

小韓把包裝好的禮品盒放進肩背袋，爪角將裝了鈔票的信封給他，小韓打開信封，目測點了一下，突然睜大了眼。

「我是很感謝您來光顧，不過您是不是裝錯了啊？」

「沒能去探病不好意思，就當給你父親請看護的，幫我問候一下他。」

這下小韓才喜出望外，甚至對於一開始無視老婦人而省去問候露出後悔之意。

「他自己說現在精神還不錯，您如果能親自去看看，他會很高興的。」

「那就有點難了，你幫我問候一下就好。」

因為得到意料之外的收入，小韓露出安心的表情低頭送她出去。

晚上，她和海牛通了電話。從對方尋常的語氣很難判斷公司知不知道這件事。就孫室長平時不太細心的性格判斷，應該是把這當成了一般委託。只要預付款正確匯入，企業或代理人名字背後真正的委託人到底是誰，他不會掛在心上。她也想過會不會是公司和鬥牛串通好的計畫——畢竟是沒有什麼可用之處的礙眼老人，再加上發生讓公司信賴度下降的失誤——多麼好的藉口。但就她所知的鬥牛應該不會接受這樣的指令，再加上不過為了解決一個老人，如此沒效率又大費周章的前置作業是不可能的。爪角像平常一樣和海牛通完電話，還提到在工作結束前可能不方便聯繫，自己會再找時間去電。接下來，她把公司及海牛可能會用來找她的所有通信器材關機。到很晚才吃了海藻湯加幾匙雜糧飯湊和著果腹。吃完晚飯，她把無用帶到浴室。牠好久沒洗澡了，爪角比平時花更久的時間仔細給牠清洗，像在舉行某種儀式，而無用因為被蓮篷頭的水淋到煩了，抖了抖身體，甩甩耳朵。

為了能有充足的睡眠，她沒有喝咖啡，可是想到隔天將會發生的事又睡不著。也許是為了讓主人安心入睡，熄燈後總是鑽進鋪好被褥的無用，今天自己走到客廳睡。她在腦中數著一隻一隻的羊，讓牠們越過圍牆，連羊毛的觸感也細細勾勒，最後終於勉強入睡。

爪角事先利用自動導航儀模擬行駛時間，不管道路再怎麼堵塞也不會超過五個小時，考量到途中延誤及可能以慢速移動的機率，對她來說，四個小時應該就夠了。離約定時間還有很長的空檔，她卻在早上七點就睜開了眼睛。不過，爪角平常五點半就醒了，因為前晚失眠，她還多睡了一會兒，但她想，對方一定會提早到。爪角把小窗的鎖打開，包包和各種裝備都整理好，無用的飯碗裝得滿滿，摸了摸還在睡夢中的狗兒的頭。

「我去去就回，你好好看家吧。」

瞬間，手上觸摸到的寒意讓她心裡一顫。

毛色沒有光澤。要不是沒聽到呼吸聲，她差點就忽略了。爪角用力吸了吸鼻子，聞到股不尋常的氣味。無用橫躺著，屁股下散著又稀又黑的糞便。她把手指深入無用的喉嚨裡掏，維持同樣的姿勢坐在無用面前，只是用手指去掏著。無用沉重的身體輕輕晃動。

這實在是太不尋常了，生命中占有最大比重的靈魂消失，肉體卻變得更加沉重。

她靜靜地站起身，把原本拉開的小窗環扣再次鎖上，離開家。

高速公路第一個休息站，爪角找到公用電話。因為現在所有人都用手機，在形同棄置的公用電話中，能夠正常使用的只有一臺。她也不確定現在打公用電話一通要多少錢、又可以講幾分鐘，因為怕中途零錢不足電話斷掉，她隨手抓了一大把零錢放進口袋，開始打電話。

第一通她打錯了，接聽的是個女人。爪角真是後悔在出門前把所有通信器具都毀掉，連手機都是。她拚命回想正確的電話號碼，腦海中模糊地閃過了幾個，她互相調換排列組合，再試著撥打，在口袋中的零錢逐漸變輕之時，她才發現原來第一次打的號碼就是對的。

「那個女人是誰？不是你馬子吧？害我浪費了不少零錢。」

「您不用在意。有什麼事嗎？今天我休假，這種日子可別給我添麻煩啊。」

「我要拜託你一件事。」

「教母拜託的事不用聽也知道不是什麼好事，改天不行嗎？」

公墓管理員老崔凹陷的臉頰和聲音透過話筒傳了過來。

「改天不行。這件事很急，但是最晚明天再處理也可以。你知道我家在哪兒吧？你到了之後，門口臺階第二階最右邊有個石板，打開來裡面有大門鑰匙。」

接下來的話說出口前，爪角停頓了一下，因為她需要打從體內深處做個長長的深呼吸，準備一下。每當想起，就算這一切都是「無心」的行動所造成、不管是特別為無用改造的小窗，或飼料已空的碗底、每次無用抖動身體，讓爪角鼻子一陣癢的褐色毛團……全都一一在腦中浮現。她的內心深處像煮熟的飯粒那樣又軟又滑。

「進去後，你會看到客廳裡有一隻狗躺在那裡，好好處理一下吧。」

即使沒有說出關鍵詞，基於職業本能，老崔立刻變得正經，語調也換了。

「哎呀，怎麼會那樣呢？真可憐。不過教母什麼時候養狗了？難道是您要去做什麼困難的任務，才先送毛小孩走嗎？」

「我沒養牠，但牠一直陪在身邊。還有，不是我殺的，只是時候到了。牠應該算是壽終正寢吧，本來我應該自己送過去，但實在是沒有時間，只好拜託你了。」

「好，我知道了，不一定非要今天處理的話就還好，反正也不是什麼難事，不過怎麼結帳呢？」

「我再和你聯絡。不過，如果我三天內沒找你，你就去找海牛要錢。我在那裡放了些，應該綽綽有餘。」

聽到老崔回應之前，公用電話響起零錢不足的警告音，接著就斷線了。口袋變輕，裡面已經沒有了零錢。雖然只是零錢用光，爪角卻覺得好像是維持至今的襤褸生活整個被掏空似的。

破果

灰褐色的廢棄建築，天空似乎快要下雪，廢棄建築頂著欲降雪的天空。

她大概推測過鬥牛指定的地點會是什麼氛圍，如果不是想整拿著錢袋的人，應該不至於綁架後還把人叫到充滿人潮的市中心街道。但是她怎麼也沒想到是這樣陰沉、淒涼又凶險的地方。出現在鬥牛指定地點上的是工程中斷的建築物，只能從建築方式看出應該是要蓋大樓，這裡似乎已經廢棄很久，只剩骨架。在這種空曠、鳥不生蛋的地方，誰有勇氣蓋大樓？又或者，這裡其實是有人被陷害、不得不放棄的事業。即使公寓都蓋好，但看來是強行破壞山坡地而建，下大雨恐怕會出事。

以前和流一起工作那段時期，只要走出四大門[13]，放眼都是如同這樣荒涼的地方。可是那種地方現在已經很稀少了，那小子不知是怎麼物色到這種地方。在這種場所，就算光天化日之下處理屍體，她也有信心不被人發現。因冬季而閒置的田地繞山展開，此時並非適合農耕的時期。別說來人種植採收，就連隻狗也沒經過。山前方約五十公尺處有一棟大門緊閉的獨棟工廠，看來過去應該是家庭手工業之類的小工廠。如果要和人見面或是買個東西，從這裡開車出去至少要二、三十分鐘。

她把車子熄火，小心翼翼走向被長長雜草包圍的廢棄建築物，每走一步都踩到乾草碎枝。

告示牌上纏繞著不知名的藤蔓植物，很難看清楚上面寫的內容。

──公告──

本建物之建方因故長期中斷施工，廢棄建物恐有安全上的疑慮，請勿靠近，以免發生危險。若任意侵入，將依法追究。

為了行動方便，她脫下大衣。厚厚的大衣內只穿了棉質襯衫，冬季的山風吹過乾澀的皮膚。現在什麼動作都還沒開始，每個關節連接處卻都聽到了嘎吱嘎吱的聲音，心跳澎湃，隱隱發麻。爪角咬著牙，一階一階無聲踩在水泥臺階上，只有骨架的建築物似乎只在主要結構的鋼骨灌了混凝土，四周通透，外牆有兩個面被已變色的鷹架包圍，踩上去可能導致斷裂掉落。這裡似乎只拆了一半就中斷，也可能是因為時間久了，暴露在各種氣候變化之下，有部分鏽蝕、斷裂。建物內部幾乎沒有遮蔽處。環顧四面，只有灰色牆壁和中間支撐的柱子與牆上預留窗戶而挖空的方框，弄不清開放的是哪一面、擋起來的又是哪一面，空間上使人混亂。

她站在臺階上，緊緊閉上眼睛、再睜開，全心集中於體內最後一條緊繃神經，放輕腳步，傾聽來自外部的聲音。冷汗開始流下，爪角感到汗水順著臉頰、沿著耳廓輕微搖晃。那好像是扳動手槍擊錘發出的震動。思考的同時，她反射性地先往後閃，隨即看到子彈擊打在

---

13 指朝鮮時期包圍首爾的四大城門，興仁之門、敦義門、崇禮門、肅靖門。

她剛剛的位置，飛了起來。被擊中的地方揚起灰塵。

她跳下臺階，更多灰塵從柱子落到腳上。臺階上方並沒有追兵的跡象，對方似乎只是在某個地方等著她上去，游刃有餘地準備要拿子彈往她頭上招呼。

所以剛才動手的人不是鬥牛。雖不明白那小子腦袋裡在想什麼，但感覺好像是想炫耀，並不是會躲起來進行狙擊的個性。看來，他挑了幾個現在沒案子接的防疫者配置在這裡。他帶了幾個人來？如果一層一個人待命，應該不超過五個。又不是特種部隊，臨時找來五名以上的烏合之眾組合在一起，雖然只是單一目標的簡單任務，也一定會有沒默契的時候。十多人的群體如果能夠保持這程度的安靜，沒有一絲喘息，甚至能耐心等待，就只有少數受過精銳訓練的軍人才能做到。

剛才聽到幾聲槍響，雖然不知道其意義何在，但似乎確實傳達了恐懼氛圍。不知從哪裡傳來孩子的啜泣，她墊起腳尖，飛快溜出大樓外，從外圍仰望，推測聲音的來源是在哪一樓。但不知是嘴被摀住還是暈倒，啜泣聲迅速斷掉，沒了聲音，她也失去距離感。不過爪角判斷應該不會在七樓以上。

她右手握著柯爾特點四五手槍，以左手支撐，從旁邊一棵快枯死的大樹爬上去。渾身肌肉都發出悲鳴，乾燥的冷風吹得瘦弱的樹枝彷彿快斷，由於是冬季，所以樹上沒有葉子可掩護、遮蔽她的動靜。雖然聲響無法消除，幸好與風搖晃樹枝的沙沙混作一團。她在二樓看到一道影子晃動，似乎是為了應對與剛才相同的狀況，集中精神注意著中間的樓梯。她再往上爬，透過視線可穿過的建築物察看三樓，見到駐守防疫者的後腦杓。他正四處走動，似乎在等待著她。

她放緩呼吸、抬起手臂。可以做得到吧？把食指放上去，要在第一個指節中間——不是、停、第二個指節如果放得太裡面，子彈會從左邊彈出來。再一次。不是不是，我不是說第一個指節嗎？誰說是只碰末端一點點？如果用那種姿勢會從右邊彈開的，要在正中間——沒錯，就是那樣。

當她瞄準防疫者的頭，對方似乎尚未察覺，還在對角位置無聲走動。他慢慢轉向爪角所在的方向，猛抬起頭，與掛在樹上的她四目相交，防疫者不慌不亂，以最快的速度修正槍口方向，但她已毫不遲疑先扣下扳機。子彈在槍筒內震動，彷彿從鋼索上滑行一樣噴出，那動能傳到了她的手裡，從手腕直晃到手肘，讓肩胛骨蔓延開如錯位般的疼痛與壓迫，但她很快就從準星看到對方頭上出現紅色的窟窿。

聽到槍聲及犧牲者的慘叫，其他防疫者也開始移動，爪角聽到動靜的同時，也將繩子直直拋出，掛上外圍的鷹架，進到建築物內。防疫者聽到那陣垂死的慘叫來自男性，而非女性，無不驚慌，但已無法抹去自身移動的聲音，他們每個人的技藝或許不是業餘，但在這種情況之下，卻顯現出典型烏合之眾的特性。聰明之人在這種時刻會隱藏起來、保持安靜，然而此時二樓的人卻往上跑，四樓的人又往下，從跑步的節拍和速度判斷，兩人似乎會同時抵達三樓。身體貼在樓梯牆邊的她以右手從槍套中拿出備用手槍，雙手齊發，同時朝上下兩名防疫者射擊。兩人之間幾乎只有細微的時間差。二樓上來的防疫者遭備用手槍打中，來不及開槍，武器就從手中滑落。而被柯爾特點四五手槍射中的四樓防疫者遭子彈穿透下腹部正中央，直接滾下樓梯，子彈似乎貫穿了腹部的大動脈，使他的身體一面滾動一面冒出大量血液，呈螺旋狀散開，滾落的身體直到碰到她的腳才停下。二樓的防疫者掏出備用手槍準備射擊，她一邊閃避，一邊將脫了的外套丟出去，遮住對方的視線，接著順勢開槍，子彈穿透外套，擊中對方的頭部。

她撿起外套穿上，往一樓瞄了一眼，防疫者的槍掉在下面，頭部中彈，不再動彈。她又再往上走，腹部中彈的防疫者在地上蠕動，爪角又朝他的兩腿補了兩槍，用腳踢翻他的身體確認，拿起他手中的貝瑞塔，塞進槍套中原本備用手槍的空位。雖不希望再增加身上物品的重量，但現在還有幾個人沒解決，也還不知道他們躲在幾樓。

這裡雖是遠離城市、位在無邊無際郊外的廢棄建築，但並不是狩獵區域，槍聲依舊響徹雲霄。再加上不遠處的山裡說不定有寺廟，雖然鬥牛已實地考察過，也無法保證山裡會不會正好有一、兩個採山蔘的人，實在讓人放不下心。爪角猜想，他應該真是瘋了，不管槍聲有沒有傳到外人耳裡，那小子絕不可能沒聽到。如果他帶著孩子逃跑，那另當別論，但在這樣四面開闊的水泥大樓裡，孩子恐怕很難支撐這麼長時間。如果在雪山遇險，一般來說基礎體溫較高、較少活動的小孩子會比較容易存活，但並不代表身體受到的痛苦會比較少。剛才到現在都沒再聽到孩子發出聲音，很可能是被綑綁著或是暈倒，在這樣的低溫下睡著，時間一長體溫就會急速下降。因此，就算只是早一秒，爪角只希望能盡快將孩子救回。

即便如此，如果她先露出急迫的態度，那麼就勝負已定。爪角不可能開口大叫他的名字，對方也不可能光明正大地現身，在這裡對幹一場。那只會讓對方注意到她如河流般溢出的緊迫和焦躁。雖然爪角對於展現恐懼和無力並不在乎，但如果讓鬥牛發現她赤裸裸地表現出這種恐懼純粹因為那孩子，說不定會露出特屬於他的嘲笑表情，像掐小雞一樣扭斷海妮的脖子。

她把手伸到窗外，抓住鷹架，再用力往上一蹬，就那樣直接攀上外牆、進入四樓。原本在四樓的防疫者已經下樓，遭她打穿腹部，目前四樓空無一人。爪角正要爬上五樓之際，卻聽到金屬一個撞擊，發出「鏗！」的尖厲聲響。接著從五樓伸出一隻手臂，對著她的雙腳射擊。子彈打在糾結錯亂的鷹架又彈起，她連忙往窗裡跳，接著又有四發子彈射來。雖然她滾動著迅速貼到柱子後方，但其中一發打飛了帽子，另一發則劃破了左臂。對方沒有給她喘息的機會，迅速追上，然而卻被她往後拋出的繩索纏住腳踝，絆倒在地，射出的子彈一偏，嵌在牆上。那人一邊罵髒話一邊開槍，切斷造成妨礙的繩索，連忙直奔爪角躲避的柱子，朝她開槍，卻已錯過最佳的射擊時機，倉促奔離槍管的子彈穿透了爪角連帽外套的帽子，而她所射出的子彈則扒開了防疫者的前額，打通頭部，最後嵌在地上。

又是頭。四人之中有三人被射中頭部。倒不是她特別執著射擊頭部，然而在這一刻，她才想到一件事。有種說法是這樣的：若是無端憶起過往，其實正是死亡的象徵，她猛地想起流──如果可以，盡量射頭。或許對方會穿防彈背心，所以頭部比腹部好。當然，射擊頭部也是有分別的。如果沒傷到延髓或腦幹，就不會馬上死亡，但至少讓對方無法活動，那是最好。射心臟和腹部消耗的子彈效率很低，要擊中很難，要立即死亡更難，因此說到狙擊，無條件就是射頭部。若是近身對戰，與其攻擊心臟或腹部，還不如斷手腳。妳想想，人眼睜睜看著手腕從自己手上掉下來，會是什麼心情？比起抱著多了個窟窿的肚子在地上滾來滾去，失去身體原有的一部分更有殺傷力。這與血流量多寡無關。當然，妳也可以期待對方會休克死亡。

然而，離開山野的射擊場和狩獵場後，兩人主要都在複雜的市中心活動，也因為高層人士的特別指示，使用槍的機會大幅減少。

她拿的是幾乎有十年歲月的手槍，身體的靈活度等等大不如前。她上氣不接下氣，全身表面的皮膚像被小碎石磨過一樣麻麻刺刺，流著血的左手在寒風中漸漸失去知覺。她好想念流。

一直以來，因為沒有特別理由，所以一直這麼拖著。然而今天，感覺與你相會一事已刻不容緩。

她從工作褲的口袋抽出手帕綁住手臂，突然聽到不知從哪兒發出的哼哼呻吟，好像有什麼東西滾落，伴隨著鈍且濁的聲響逐漸朝她靠近。

是從樓上傳來的聲音。

她把槍口對準樓梯臺階，頓時啞然無語。厚厚的袋子滾落，橫躺在臺階上。鬥牛用腳踢了一下，袋裡傳出被膠帶堵住嘴的悶哭聲，推測僅剩的一名外援防疫者跟在鬥牛身後走下來，他用槍指著地上的袋子，彷彿只要爪角一動，他隨時就能將之射穿。

「不要用腳踢孩子。」

她在槍未收起的狀態下發出喝斥，嗓音蘊含著洶湧波濤。

「我又不是妳。」

話音剛落，鬥牛就更使勁地踢了袋子，袋子越過兩階臺階直直飛向爪角膝前，她反射性地往後一仰，不得已只能用腳背接下孩子。這下當然不可能扣扳機了。她起身之前，外援防疫者已將槍口轉向，對準她的頭。

「我都快無聊死了，妳就非要磨光我的耐心、害我親自下來嗎？這麼小心翼翼地察言觀色，真是有愧於名啊。這孩子有那麼重要嗎？看看妳現在什麼德性，我可是空手下來呢，妳有什麼好猶豫的，居然不扣扳機，搞得現在情況被翻盤——妳看看！」

「你想要表演的原來是這麼令人心寒的鬧劇啊。」

「是啊，雖然想隆重一點迎接妳，不過預算有限，只好將就點。」

在穿窗而入的午後陽光下，鬥牛的笑聲變得鮮明而奇妙。

「不過好像還是搞太大，如果妳見到我之前就掛了，那就太沒意思啦。無論如何還是不能太誇張。所以……熱好身了嗎？」

最後一名傭兵不知為何一直滿臉不悅，聽到這話後頓時瞪大了眼睛。

「什麼？這毛頭小子還真是目中無人啊！什麼熱身？你這小子把別人當什麼……」

「訂金不是都付了？還有什麼問題嗎？」

在鬥牛的冷嘲熱諷下，他有點失去理智。爪角在心裡咋舌，趁防疫者毫無察覺的情況下把壓在袋子下的腳悄悄拉出來。真沒默契。

「訂金了不起喔？為了配合你這個令人寒心的傢伙，其他人都掛了，如果我轟了這女人的腦袋，下面那些傢伙的尾款都算我的嗎？」

聽了防疫者的話，鬥牛一副「你要是做得到我頭就給你」的表情，笑了。

「你們收錢接下工作時不就知道會挨子彈嗎？真是，大叔的實力只有這樣啊。」

防疫者突然將槍口轉向鬥牛，在他扣下扳機的瞬間，蹲坐在地的爪角突然舉槍，射向他的手臂。防疫者的子彈沒射中鬥牛的頭，而是鑽進樓梯間，揚起一陣灰塵，防疫者的手腕被打穿，手槍也掉了。他邊罵邊飛身將她擊倒，用膝蓋頂向她的肩膀，一隻手扭轉爪角原本拿槍的手腕，用受傷的手把她的槍奪下。接著，他用槍托砸她的額頭，在她眼前發暈之際，兩腳一躍想踩她的腹部，但爪角側身一滾，躲過他的腳。接著防疫者發出慘叫，撼動了空蕩蕩的建築物——爪角在往旁邊滾去的同時用巴克小刀劃傷他的兩隻腳踝。防疫者在地上拽著腹部，哭喊著用奪來的槍對準她的臉發射，然而大大響起的只有空彈匣的聲音。

「媽的！」

買了新的子彈，她卻連一發都沒裝填進彈匣。防疫者把槍扔了，吐出絕望的悲鳴，鬥牛聽到後聳聳肩，誇張地手扠著腰。

「我不是說過好幾次了？她不好惹啊。」

鬥牛愣愣地看著老婦人。她幾乎快要撐不住，卻仍緊握著刀，踉踉蹌蹌起身。對這個心心念念要親手抓住並折磨的老婦人，他不禁升起一絲敬意，對防疫者說道。

「大叔費心了，我都知道，回到首爾後我會好好照顧您的。不過怎麼辦呢，您還可以開車嗎？我先把車鑰匙給您，只是看您手腳都廢了，也沒什麼用了不是嗎？不過這個老奶奶也沒辦法再追殺您，所以拿去吧，看是要用飛的還是爬的，總之快給我滾，如果你還要命的話。」

防疫者似乎沒有多餘的武器。更甚，他因腳踝的疼痛及出血無法行動自如，也失去了鬥志，他顫抖著撿起鬥牛扔過來的車鑰匙，以充滿憎惡和詛咒的眼神瞪了老婦人一會兒，在臺階上趴了一下，像蟲一樣蠕動著爬下樓。但是，要爬五樓恐怕需要半天的時間。

爪角東滾西滾掙扎著，好不容易站起來，鬥牛已經打開袋子，把孩子拎出來。如果她在額頭被砸時能咬緊牙，更迅速地撐起身體，說不定就可以把孩子拉到自己身邊，但回頭再想，即便那樣應該也是做不到的吧。鬥牛用腳把孩子踢到她面前時她就沒能把握機會。防疫者奪去的柯爾特手槍撞到柱子，掉到樓下去了。她左手依然握著刀，右手拿出從樓下屍體那兒拿來的貝爾塔，瞄準鬥牛的胸膛，但那位置很快就被孩子充滿恐懼的臉擋住。海妮穿著看來是新買的木紅色外套，手腳分別綁著。鬥牛以一手掐著孩子的脖子，另一手拿著一把刀鋒呈半月型的水果刀，貼在孩子耳旁。那把刀充其量只是用來削馬鈴薯皮的，總長不超七公分，不過想用它將孩子又小又軟、肉色透光的耳朵削飛，絕對不成問題。

由於突然暴露在寒風中，飽受驚恐的孩子耳朵變得有點青紫。

在這樣的距離下，她可以準確地命中頭部，但孩子的耳朵可能也保不住。犧牲一邊的耳朵把孩子救回來——這麼做對嗎？如果是大人，她完全不會考慮，一定會那樣做。更重要的是，她學的並非救人的要領，而是殺人的方法。可是那小子一旦倒下，其實並不保證他只會削去孩子的耳朵。

這一瞬間，她的心正在與動物本能般的強烈欲望拉鋸。心底深處，她真想不管海妮，直接衝上前或開槍射擊，從那個放肆小子的下巴開始弄碎。她斷斷續續想起，在實際作業中有幾次計畫出差錯，遇到類似的狀況，那時她都依照流教的將人質的安危置之度外，以命中目標為最優先。但此時此刻，她腦海中掠過的卻是姜醫師的憤怒與淚水。

心裡有一股看不到也不知所以然的漩渦，在流離去後再也不具意義的事物，在她手中變涼、失去光澤的無用身上的毛的觸感——這一切的一切都揮之不去。

她將貝瑞塔和刀都丟在地上。

「放了孩子。」

「看來妳還沒變成老糊塗啊，還有一點判斷能力。那就把妳插在腰後的東西也丟了。」

她乾脆地把放了備用武器的槍套整個脫下，往地上一扔。

「你為什麼要針對我？說來聽聽。」

「如果連妳自己都想不通，那就沒有用了。」

那小子看起來很認真，她卻虛弱地嗤之以鼻。無論怎樣，竟然想問瘋子什麼理由或和瘋子理論，這種人才有問題吧。

「那就算了，你想怎樣就怎樣。我到底要怎麼做你才會送那個孩子回去？」

她已經解決了五名外援防疫者，還問鬥牛想要她怎樣，彷彿覺得自己必定會失敗。然而這種想法太過天真。她這個上了年紀、曾經有過一段輝煌時期的防疫者似乎讓鬥牛心裡很不爽。爪角心想，或許用下跪之類其他方式表達屈服，才是解決這件事的捷徑。

「妳為什麼認為一定是我把她送回去？將我撂倒後妳親自把人送回去不是很完美嗎？」

撂倒？我能把那小子撂倒？

雖然自認可能性不大，她還是把剛才扔掉的刀子重新拾起。他想要的應該是這個才對。可是她為何要配合他的節奏？爪角依舊滿腹疑問，這對他來說只是一場規模有點大、有點太激烈的遊戲。鬥牛把手腳都被綁住的海妮推到柱前，讓她坐下。不知何時，他已把原本的水果刀放入衣服，換成一把Gerber軍用刀。

「那殺了也行？」

話說出口，她感到自己的聲音在顫抖。鬥牛也發現了，忍著笑反問。

「妳覺得妳行嗎？」

那聲音不是來自對面，而是從身後繞到耳邊低聲道出。不知何時，鬥牛已經來到身邊，她的顴骨感到尖銳的刺痛，還有血滲出，這才反射性地抬起手臂改變刀刃的方向。他原本的目標似乎是額頭，如果額頭被劃個正著，流下的血就會遮住視野、造成妨礙。

海妮的哭聲不是從柱前傳來，而像從很遙遠的地方傳來的回音。爪角持刀刺向鬥牛的肋骨下端，但刀尖似乎沒接觸到任何東西。她愣了一下，他的Gerber刀柄已擊中她的背。接著，鬥牛用腳踢了她膝蓋後方的關節窩，爪角慘叫一聲，仰頭摔倒在地，久久無法動彈。

鬥牛俯視著她，嘆了口氣。

「為了表示敬老尊賢，我只用腳輕輕踢了一下而已。幹麼搞得像十字韌帶斷了似的在那邊哀嚎啊！」

接著，鬥牛後退，一把抓住靠著柱子的孩子頭髮。

「如果不用心取悅我，我只好先把這孩子丟下去了。」

她用另一邊完好的膝蓋支撐，側身站起，一瞬間被外面傳來的轟鳴衝擊，再度蹲下。爪角從挖空的窗口望出去，看到黑煙滾滾。孩子害怕刀刃會再次逼近，強忍哭喊，勉強嚥下了鼻涕。剛才下樓的防疫者在發動車子的瞬間，啟動了裝置在引擎上的炸彈，汽車隨之爆炸。

「這下該怎麼辦呢？搞得這麼熱鬧，時間越來越少了。」

「你到底做了什麼……從一開始就……」

爪角結結巴巴，在熊熊烈火中嗅到防疫者燒焦的人肉氣味，抹了抹鼻子。

「贏的人開妳的車走就行了。」

鬥牛毫不留情，並將孩子推倒在地。他瞥見她的頭髮纏在自己的錶帶上，二話不說直接用刀將頭髮切掉。海妮挪動屁股，想從他們兩人之間退開，礙於手腳被綁、活動困難。

可是孩子有沒有移動鬥牛根本不理會。爪角越過鬥牛的肩頭，看到孩子一點一點挪動身體，她不禁慶幸這孩子有點毅力，肯動幾下，緊接著抬手擋住飛來的刀刃。她的手腕上被劃了一道，頓時泛紅、血流如注。她轉向側面，壓低身子，正好閃過劃向頸動脈的刀刃，也以水平方式將刀子刺向他的大腿。刀柄上傳來刀刃被富有彈性又結實的肌肉緊緊包覆的觸感。鬥牛扭動身體，以手臂直擊她的眼睛，她來不及抽出刀子，直接摔倒在地。爪角花了好一會兒才抑制眉間與髖骨的疼痛，重新回過神。這時，鬥牛聽到自己大腿股外側肌斷裂的聲音，只能確保有足夠的時間拔刀。

「這刀是要給我的嗎？」

看著鬥牛穩穩握著兩手中沾滿血的刀子，像羽毛一樣輕輕旋轉。她從工作褲側邊口袋掏出備用刀，長度只到鬥牛手中那把刀的三分之二。但這是最後一把，她身上已經完全沒有其他武器。繩子、閃光彈都在扔掉的袋子裡，事實上，在這種情況下，那些東西也派不上什麼用場。雖然她受到突如其來的襲擊影響，身體搖搖晃晃了很久，好像無法穩下來。但是實際上她早就進入準備好的狀態。為了找出可進攻的空隙，鬥牛跛著腳一拐一拐，緩緩邊走邊問。

「情況好像對妳不太公平，要不借妳一把？」

「隨便，不過你會後悔的。」

大話還沒說完，巴克刀就在眼前一轉、飛了過來，她向後避開，以為自己有驚無險地躲過，回神一看才發現大腿上插著一把刀。

「我可是還給妳囉。」

「還真是謝了。」

進行防疫工作時雖然經常伴隨受傷，但她許久沒有這樣了。腿像是嵌入冰塊那樣刺痛，一時之間，她失去呼吸的節奏，過了一會兒才適應這種感覺。幾次深呼吸過後，她拔出刀子，備用小刀扔到一邊——幸好刀子是扔過來，而不是被使勁插入，所以傷口不如鬥牛那麼深。

他們兩人對抗之際，海妮不停挪動屁股往後退，退到了樓梯口。雖然可以順著臺階一階階往下，但她還不知道這裡是哪裡，遲疑了一會兒，她注意到樓梯間有支螢幕刮傷、出現裂痕的手機，那是稍早前拚命爬下樓、最後和汽車一起爆炸的防疫者口袋掉出來的。孩子用嘴脣的力量在手機上按下「home」鍵，螢幕出現「請解鎖」畫面，她繼續嘟著嘴巴，但不知道密碼，於是按下「緊急電話」。窗外仍能聽到汽車燃燒的聲音。越過柱子，她清楚聽到那個彷彿發了瘋的叔叔和看起來有點虛弱的老奶奶兩人相互嘲笑，其中夾雜慘叫、刀子撕裂衣服和身體的可怕聲響。孩子用嘴脣輸入１１２，彎下腰，將耳朵貼在地上的手機，另一頭傳來聲音。孩子忘了剛才還在哭泣，用連自己也吃驚的沉著和冷靜說明目前的狀況，只要說出被綁架與爸爸的電話號碼，就可以快快得救吧。

然而，聽到小孩打報案電話而起疑的警察想要確認，反覆詢問，結果耽誤了時間。

在這當中，鬥牛又往爪角的鎖骨下方斜斜劃了一道長長的口子。當他發現孩子的動靜，便冷冷地走過去把手機搶走，面無表情地往牆上一摜。他舉刀準備劃向孩子的臉，那瞬間爪角劃傷了他的背。孩子尖叫一聲，趁機逃開，掙扎著滾下好幾個臺階。鬥牛立即以刀鋒朝爪角的脖子揮，她側身撞了一下他的手臂，刀子失準，只是勉強在她下巴劃了一道。然而鎖骨下的傷口已血流如注，她的眼前晃晃悠悠。因汽車爆炸，加上海妮趁機打電話等情況，讓眼下一切變得相當尷尬，不過鬥牛似乎不以為意，彷彿發瘋一般還想再繼續玩弄她。儘管如此，她依舊得準確、銳利且迅速地擋住襲來的刀刃，不時反擊。

也許心急如焚的姜醫師早已出發往這裡來，如果孩子可以安靜地等待爸爸或警察那就好了。但是，即便警方請求其他支援，要到達這座深山也需要一定的時間。如果不幸她先死，孩子在鬥牛手裡會變成什麼樣子，就不得而知。她感覺自己的身體越來越沉重，有如無法再裝載物品的行李箱。這段時間純粹是為了拖延，不讓鬥牛得空接近孩子。就在她想著還沒爭取到足夠的時間之際，肋骨下方被鬥牛的刀子深深劃過。

「發什麼呆？」

鬥牛逐漸感到憤怒，原因就在爪角的眼裡毫無想贏的欲念，反而透露出拖延的意圖。他感到一股屈辱，內心悶塞，卻又感到空虛，好像聽到體內有什麼東西消逝了。鬥牛的失望與憤怒在全身敲出節奏，他緊抓著這樣的情緒，決定砍傷孩子的脖子，掐斷爪角的咽喉，他要在她身上到處留下零星傷口，使她大量出血、直至死亡。對她來說，再也沒有比這更平淡無趣的結局。

於是，他把刀子由下往上直直一挑，但爪角立刻將整個身體往後仰，跪倒在地，鬥牛的刀沒有插進她的頸動脈，撲了個空。爪角假裝摔倒，將插在他下腹部的刀一拉，幾乎到肝臟的部位，失去重心的鬥牛摔在她身上，從旁邊觀看，這不像什麼慘烈的對決，反而像一對戀人在雪地上翻滾擁抱。

雖然此時爪角連動一根手指頭的力氣也沒有，但在這種地方，她不想讓人發現鬥牛像橫死的屍體一樣壓在她身上，所以用盡了力氣，勉強推開他。鬥牛的腹部散發腥臭的死亡氣味，內臟一部分流出體外、血肉模糊。為了不讓他吐出的血流進氣管，她側身把揉成一團的外套壓在他背上。不過這種狀況要叫救護車嗎？這問題其實沒有詢問的意義，不過爪角認為應該幫他減輕點痛苦，正想握住巴克小刀，鬥牛卻將沾滿血的手搭在她手上。

「不要——別管我。」

她遲疑了一下，將刀子收起。

「你不必覺得委屈，我應該很快就會跟著去了。」

這話雖是對著鬥牛說，但也是她一直未能及時對流說的話。鬥牛雖然還睜著眼，呼吸卻不再那麼深，越來越微弱，嘴角湧出猶如液體的東西，究竟是臨終前的痙攣還是露出微笑所致，她無從得知。鬥牛的臉濺滿了血，如此近距離看著他的面孔爪角還是第一次。他的表情像個幼年期不滿足的孩子，呈現出惡意、惡作劇和懷抱祕密的模樣。爪角低頭看著那張臉，一直覺得自己所剩時間也不多了，突有一種與此刻毫不搭調的想法——

也許，她能與這個孩子在不同的場合、以不同的方式或不同的面貌見面吧。

到時不會是互砍脖子，而會是擁抱彼此也說不定。

想到這裡，她沒有任何理由或依據，就像在樹林裡漫步、踩在自然溫順的嫩草上，不禁喃喃自語地說。

「你就是那個孩子啊。」

原本只是自言自語，卻見鬥牛逐漸瞇細的眼睛再度輕輕睜開，

「妳真的……想起來了？」

她不知道自己為什麼會說出那種話，也許只是想起了過往徘徊的森林之名。但鬥牛的回應她也不懂。如果不問個清楚，也許答案就永遠不知道了。然而，說這話的似乎不是她自己，而是她心裡那道朦朧且執著的身影，列出了居無定所的記憶清單，將一直藏在其中的話語召喚到口中。至今，她在防疫作業中做掉不少人，鬥牛可能是他們之中某人留下的親人——但也可能完全不相關。對於只差一步就要到流身邊的她來說，那些記憶碎片不可能每片都有意義。她認為自己並不會去撫觸記憶或用其他方式感受，那種事物所散發的香氣沒有任何吸入的價值……雖然，在鬥牛即將迎接永遠的虛空之際，那些記憶對他來說好像很重要。

「怎麼？妳知道了嗎？」

她不忍心告訴他那只是她隨口說出的話，所以含糊其詞。

「那個什麼……走馬燈是吧。人在快掛之前會突然在腦海裡出現那種東西，不是嗎？」

從她的態度，鬥牛看出了她什麼都沒有想起，自己只不過是從她身邊擦肩而過的眾多孩子之一。他很失望，但沒有表現出來。

「可以了。」

孩子那麼多，不可能全都跑來找她，在那眾多孩子當中，能在她身邊留下小命的應該也不多。「可以了。」鬥牛用手指碰了碰她在一旁的膝蓋。

「頭，拜託。」

她托著他的頭放在膝上，呼吸就順暢了些。在巨大的痛苦中點滴經過的剎那，他知道，那正是要往另一邊去的必經過程。鬥牛想著自己的走馬燈會是什麼，包括他自己經歷過的事，還有那些選擇，他所殺死的每一個人，都迅速在腦海中得到解脫。一閃而過的事物有如指頭隨意從錄影帶中拉出的磁帶，然而，能讓意識下錨停泊的場面，僅有一個。

「該走的時候，就會想起來。」

鬥牛的下巴顫動兩下，慘然一笑，嘴中噙著的血流下。

「所以，換句話說，現在還不是妳該走的時候。」

破果

蕨類植物的味道逐漸淡去，她闔上鬥牛的眼睛。接著……

她果然還是無意識地喃喃自語。

「現在不能吞藥了。」

파괴

破果

那人雖然一直嚷著什麼根本不值一提，依舊大講自己曾是首爾大學新生錄取人數最多的公立高中校長，更強調這個傳奇目前為止還沒被任何公立高中打破。坐在旁邊的人嗤之以鼻，說這算什麼紀錄？不過是某年曇花一現罷了，會不會講得太誇張？諸如此類被人指責病態的愛現行為，再聽一次就可以集滿一千次。這兩個鬥嘴的人並非認識很久的朋友，這裡大部分人其實都一樣，常在此處來來去去，所以不時會碰面，久而久之就都成了熟面孔，就算有時溝通不順，依然自顧自的大談自己的陳年往事。其實，這些人自我吹捧的工夫半斤八兩，幾個好強一點的人聚在一起就會互潑冷水。像前面吐嘈前任校長的人一定會再度補充，說那人擔任校長時期好像很威風，退休了當大樓管理員時，不是頂撞主管就是硬著脖子不肯低頭，到處顧人怨，最後惹到社區婦女會，被逼退職，不是嗎？這樣虧了別人一番，話題還不是回到自己身上，並自豪地說現在世界已經不同，最好學學自己，上了年紀還不忘學習，適應新事物，對年輕人的想法觀念要開放。可是實際上他才是讓人最疲倦的。從海軍陸戰隊退役後，他從事大規模養殖業，後因兩次火災和超級寒流導致魚類大量死亡，最終放棄事業。雖不知道軍隊的經歷和後來的事業有何關係，但他每句話都要強調海軍陸戰隊出身，不管做什麼，海軍陸戰隊之精神都適用。不管面對什麼人，不管什麼小地方，都一一糾正對方的口氣，這人與前任校長根本是一個模子印出來。

除了他們，旁邊還有四、五個老人圍坐，但沒有人要來勸阻。很快地，前任校長和前海軍陸戰隊養殖戶發生爭執，燒酒瓶打碎，飛散在空中、劃出一道痕跡的酒瓶碎片在傍晚陽光照耀下翻滾。平常沒有什麼消遣的他們死死抓著薄如廁紙的昔日榮光。比起什麼具體證據，他們主要倚靠的是模糊的記憶，只要召喚出「想當年」三個字，那模糊的記憶就能立刻放大誇張。那些故事不過是一茶匙砂糖膨脹成的棉花糖，久了只會變潮、成為一團無法忍受的黏膩物體。

與他們相比稍顯文雅的風景，是坐在沒有樹蔭、沒有靠背的長椅上兩個正面對面下圍棋的老人。每放下一顆棋子，就發出「喀」的聲音。一邊下棋一邊比較誰在家看兒子兒媳的臉色更多，待到小小的辯論結束，又轉往年金財政危機話題，連帶把相關政治議題都談論一遍，最後結束在恐怕要往那些年輕人的嘴裡放把火他們才會清醒吧這樣的結論。就這樣，不知不覺，這盤棋的勝敗已經無關緊要。

旁邊的長椅上坐著一名穿長袍的老人，看似正用放大鏡專心看報紙，卻悄悄抬眼瞄著對面長椅上的老婦人。她好像在找什麼，費力地在包包裡翻來翻去。染得很自然的褐髮和壓著頭髮的刺繡帽讓人無法正確推斷出她的年齡。乍看衣著高雅，但仔細一看也只是稍會打扮，讓人想到經常在公園裡專找老男人性交易的「巴卡斯[14]大嬸」。長袍老人移到老婦人旁邊，

14「Bacchus」박카스，是韓國常見的一種能量飲料，類似蠻牛。因為低薪高物價，韓國許多老年人沒有子女可以依靠，只得再出來工作，有些找不到工作的婦人就會到公園找下棋聊天的老人以兜售「Bacchus」為名，實則性交易。

靠得很近，原本在翻找東西的老婦人不小心用手臂碰到長袍老人的肩膀，於是往另一邊挪過去，頓時讓長袍老人有點不好意思。

「是不是忘了什麼？」

長袍老人真心認為她在一陣翻找後會從包包拿出一瓶滋養強壯劑，故意一面看著正前方打花牌的人一面問。老婦人轉過頭，一時間還沒會意他是在對自己說話。

「什麼？喔！我好像忘了帶手機出來。」

「我們這種人也沒什麼機會接電話啦！」

「是也沒錯，不過今天本來要去某個地方，現在臨時想取消，但電話號碼存在手機裡……抱歉，失陪了。」

老婦人提著包包站起來。她圍著豹紋圍巾，身上的深色雪紡長衫下襬及一側的衣袖隨風飄動，長袍老人望著她逐漸遠去的背影，苦澀地咂了咂嘴。

五十多歲的店長神經有點敏感。這孩子惹惱她的理由當然不只一、兩個。一開始是某位熟客提到自己朋友的女兒想來試試，店長想想，拒絕熟客也沒什麼好處，於是便讓取得二級技術證書的二十二歲女孩來店裡實習，成為店裡的老么員工。但這孩子從進來的第一天就讓人嘆為觀止。

面試時明明說要依照店長指示工作，不過是增加一項營業時間結束後清掃店面的工作，就說做不到？有資格證照的人當然可以直接幫顧客做美甲，但要她比規定的時間早一點上班，先觀摩、學習，這些她居然說很難接受，還說什麼如果有需要學習的東西，一邊打掃能一邊學到什麼？更說無法理解為什麼清洗顧客使用的毛巾這種見習生做的事要她做？至少可以讓她負責只上單色的客人，這樣才有工作的感覺啊！

一開始，店長當這孩子不知天高地厚、不知人間疾苦，或以前沒有在其他地方工作的經驗，不知道主管有多難搞。然而事實上完全相反。那孩子認為那些都是勞工應有的權利，堅持說如果判斷雇主的指示屬於業務範圍外，她就有權不接受，不能說什麼是慣例或傳統，就得無條件服從。在如今這種高失業率的時代，怎麼會有這種不知社會險惡的孩子？店長半指責、半開玩笑的說，年輕人要是覺得麻煩，就該把不當的部分確實地訴諸法律。真心寒啊，學美容的店長對這個老么如此明確的主觀意識感到驚訝。店長自己是連一百元都不會放棄，用全副身心投入工作的人。這孩子是想在這裡打工多久？照店長的心意，真恨不得馬上開除、叫她滾蛋。但是看這孩子自我意識這麼強，怕是一把她開除就會立刻向勞動部申請，那只會讓事情變得更複雜，而最重要的在於熟客的面子。那位熟客歷來介紹的模特兒、女強人等等，光是成為固定會員的就有大概五十個，這間店之所以一年到頭沒有淡季、營業額得以維持穩定水準，可說都是她的功勞。店長抱著自己積德修身的心態，再次耐著性子，仔仔細細向老么說明：妳說的原則上都對，但這種個人事業如果凡事只以法來理論，所有店鋪都得關門啊。像一些小規模的店面或工作室，當然會想盡快培養學徒，讓他們早日成為正職、派上用場，但我們可是固定會員已達一千名的全方位美甲工作室，情況不太一樣。店長委婉地說，在妳之上還有組長、室長、經理，妳先做好輔助他們的工作，觀摩學習他們對待顧客的基本技巧和態度，之後保證會讓妳獨力服務顧客。資格證書只要熟練技術、具備實力就可以取得，但是光靠實力是無法讓顧客滿意的啊……店長試著說之以理，但老么說她花錢去學美甲不是為了這樣不受重用，一下子突然站上受害者的立場，甚至流下斗大的淚珠。店長只好趕緊說第二天有個預約客人，就先交給妳試試看吧。店長呈現一種自暴自棄的心態，雖然接觸過許多不同行業的人，但以她近三十年的經歷判斷，電話那頭的聲音一直很猶豫，口氣很不確定，除此之外，她也有各種直覺，判斷預約者是在經濟方面並不寬裕的散客，也就是只會來一、兩次的客人。最重要的是，那個聲音聽起來是不會在網上公開對店進行評價的老年女性。所以，即使老么失誤，風險也相對較小。

不過，預約當天，那名客人從上午到終於抵達店裡不知打了多少通電話。先是打來說什麼想了很久覺得好像不太適合自己，還是取消。十分鐘後又改變心意，打電話來說還是照舊。就這樣一直反反覆覆。年長的顧客往往容易三心二意，這點店長原本就知道，但是接電話的老么在接到第四通時終於受不了爆發——請您先確認好要不要來再打好嗎？您一直變來變去，對我們很困擾您知道嗎？店長聽到嚇了一大跳，趕緊把電話接過來，說，做一次藝術指甲最多只會維持兩個星期，您不需要想太多，就當作改變一下心情、像是生活中的一點小刺激，這是只屬於女性的小遊戲啊。剛才接電話的是我們新來的員工，才上班沒幾天，今天不知是怎麼了，講話不太禮貌，我在這裡鄭重向您道歉，您過來的話我會給您特別優惠，請您務必要光臨啊——

就這樣，總算收拾好殘局。

預約顧客身材矮小，衣著打扮還算不差，但是臉色陰沉，感覺膚質不太好，整體看來是個人和打扮不太調和的老婦人。若將指甲彩繪貼紙放上去描，很明顯會非常不自然。按照店長做這一行多年的直覺，第一眼見到老婦人時就已從頭到腳評估過一遍。無論怎麼看，她都與專業、有氣質的熟齡CEO或重要人士相去甚遠，對於打扮是否得宜這一點毫不在意，應該沒什麼機會接到晚宴邀請函，不需要在握著紅酒杯的手上展現藝術指甲或大鑽石。這次可能只是剛好要去參加朋友兒子的喜宴，不知該如何準備，覺得如果指甲上什麼都不塗，好像會失了禮數，所以不得不出來嘗試一下，這種類型的憨厚女性。如果是第一次做美甲，在自家附近的小型美甲工作室就足夠了，何必非要到市中心來呢……想必是預算充裕，但不知道什麼適合自己。這是初次嘗試新事物的長輩經常犯的錯誤。

「妳是踩到屎喔？」店長戳了一下臭著一張臉的老么的腰，決定巧妙引導客人只塗個單色指甲油就結束。如果是藝人或董事長夫人那類的顧客，絕不容許沒有經驗的老么接待，冒著讓她犯錯引起客訴的危險。這名老婦人的衣著打扮看來不到撼動店裡生意的程度，用來做為老么的練習對象是很合適的人選。

聽完店長指示前來的老么一把握住客人伸出的右手，說：「即使只有一位客人，我也會竭盡全力服務。」如此這般充滿熱情。彷彿想藉此展現自己的多才多藝順便炫耀，老么不管三七二十一，滔滔不絕地向客人說起指緣皮怎樣怎樣，與其貼寶石不如用絲綢布……吟詩那般說得天花亂墜，最後還說，伯母您的手呢，首先需要的是基本治療。並力勸老婦人從治療下手。在旁觀察的店長苦惱著要不要任那孩子去，但轉念一想，或許老么是想看有沒有機會招攬個會員吧。沒料到，這時客人壓低了聲音開口。

「我的手需要治療？等一下，在美甲店裡治療？只是保養而已吧。這裡有皮膚科醫師嗎？如果妳做了治療行為，可是會違法的，妳知道嗎？」

原先以為無法區分治療和保養的客人突然變得急躁，一抓到語病就不放下，像是怕別人看不出誰是老人似的。店長終於介入打圓場。

「伯母，這麼說只是為了讓您比較容易理解而已，通常一般都是講護理（care）啦。」

知道店長是在幫自己，老么又加油添醋。

「是啊，是護理。如果伯母不想，省略護理也行啊，並不是一定要做，我可以直接幫您修整指甲及指緣皮，這些都屬於基本護理。如果要做藝術指甲，省略護理也好。反正還會貼上假指甲，如果剛做完護理就貼上去，中間容易有溼氣。有人說做藝術指甲一定要先從護理開始，那是落伍的方式，沒什麼經驗的美甲店才會那樣。我只是告訴您也有那樣的做法，如果可以的話最好按照順序來做，只是這樣啦。要怎麼決定完全看伯母您自己啊。」

「那就做那個什麼藝術的就好了，打完折一共十萬吧，在這個範圍內做就好，用什麼方式、顏色、樣式，妳看著辦吧。噢，還有一件事，我不是妳的什麼伯母。只要是上了年紀的客人來都稱呼伯母？你們是這樣嗎？」

一不小心，原本很斯文的客人就會變奧客呢。店長又趕緊出來緩頰。

「造成您的不悅真是非常抱歉，客人，請您務必諒解。這裡有些基本樣式，就請您從中挑選一個吧。」

說完，對於老么的各種無理行為店長決定放棄、不再介入。剛好這時有個預約的ＶＩＰ客人到店，她像得救似的趕緊把ＶＩＰ帶到獨立包廂去。

幫ＶＩＰ客人服務告一段落後的休息時間，店長出來找人泡茶，卻看到大廳空蕩蕩，室長和經理正圍著不斷啜泣的老么。

「怎麼回事？」

「店長，剛才我們大家正好都有客人在忙，沒有留意，結果老么幫那個老奶奶結帳亂結一通，真是太離譜了。」

「帳是怎麼算的？有好好幫她做美甲嗎？我不是交代過了幫她做單色美甲就好啦。」

店長嘆了一口氣。不用問也知道，她一定是個表裡不一、個性執拗難纏的老婦人，因為不滿意顏色或是上面的寶石就找碴。老么大概是自作主張又再幫她打折。她心中盤算，那個材料費得從老么的薪水裡扣才行，但是老么的回答卻出乎意料。

「客人當然很滿意，妳們都不知道我有多用心幫她弄指甲。店長說，打完折總共是十萬元——這我知道啊。可是……因為我一開始介紹時只握住她的右手，所以根本不曉得……」

說到這裡，老么大大深呼吸，表情就像在那短短半個多小時遭受了世上所有暴風襲擊。她接著說。

「我在做基本護理的時候才發現，那個客人**沒有左手啊**——沒有左手。她不是十根手指頭，是只有五根手指頭。所以做完結帳，我又算她便宜了五萬元。那樣做真的錯了嗎？沒有另一隻手的客人，來我們這裡想為她剩下的那一隻手做美甲，我只是以手指數來算，所以給她半價啊，我這樣做真的會拉低店裡的質感嗎？」

話一說完，老么再度哭了起來，那哭聲裡帶著些許控訴，因為前輩指責自己而感到萬分委屈，除此之外似乎也有些慌亂和害怕。畢竟，自己的第一個客人居然只有一隻手。

但不知怎麼，在那瞬間，店長寧願相信眼前這孩子的眼淚是因為同情那位可能不會再上門的老太太。老么沒有按照標準作業規範，在一開始先將客人的雙手放上工作檯確認，這個部分是要再念念她。然而她又看看這個自以為是、一副了不起的老么。如果她唯一的優點是能對他人的不幸產生共鳴，那麼，或許是個值得帶在身邊培養的可造之材吧。

店長努力地擠出笑容。

「做得好。」

老婦人手臂上挽著波士頓包，走著走著，忽地把那隻手伸向空中，看著沒有皮下脂肪的

破果

乾枯手背，以及在最頂端五隻指頭上閃閃發亮的指甲。每片長指甲都染著與她的雪紡襯衫一樣的沉穩靛藍，就像夜空，以此為背景上了黃色、淺橘、白色、淡綠等不同顏色和花紋的不規則圖案。用不同的座標當起點，像畫同心圓那樣擴散開。這也許是為了表現出夜空中的煙火。但是，如果高舉著手看，就好像各種水果。

因為是第一次，再加上是人工指甲，所以感到不太習慣，還有點不舒服，像是將別人的肉塊或碎骨撕下，硬嵌到自己手上。然而若是仔細觀察那美麗的圖案，就會發現不舒服的感覺很快消失。洗澡淋浴都沒有影響，差不多可以維持兩週。如果掉色、坑坑疤疤的看了不稱心，還可以再回美甲店處理。如果想自己在家清理，我再給您卸甲水。那個被大家喊作老么的年輕女孩似乎很沉醉自己的第一件作品，還要求用手機拍下認證照，讓老婦人不由得笑出聲。

雖然看起來沒大沒小，但可以單純地感到開心、隨心所欲去做自己想做的事、表露自己的感情。她很羨慕那個孩子。

這副指甲她不會給任何人看，因為沒有那樣的人存在……嗯，也說不一定。或許，在通過地鐵閘門將月票放在感應處時、或在便利商店為了買一盒口香糖而拿出錢包、翻找零錢時，在這些日常生活瑣事發生的瞬間，或許會有誰正好經過並看到這指甲吧。那些人看到指甲後必定會立刻上移視線，看看指甲的主人，接著目瞪口呆也說不定。他們會不忍心說出

「這不適合妳這個年齡的人」這樣帶有偏見的話，只會沉默或乾咳吧。可是，此時此刻，她很喜歡放在自己破碎、受傷、扭曲指甲上的作品。最重要的是，這不是真的，它會在很短的時間內發著光、然後消逝。

消逝。

或許因為活著的一切就像熟透的水果，或射向夜空的煙火，會破碎、會消逝，才擁有這絕無僅有的一次耀眼瞬間。

此時就該好好活在她所獲得的失落中。

所以，流，現在好像還不到去找你的時候。

（全書完）

關於《破果》——木馬文化與作家具竝模的跨海問答

1. 挑選了老年女性為主角，是很不一樣的選擇。這是當初開始創作就選定的主角，或是在書寫過程中調整的呢？

主角是在小說創作之前就設定好的。在此之前的類似故事中，力量與智慧兼具的男性殺手通常年齡有大有小，但若是換成女性殺手，焦點則多著重在年輕、美貌上。

然而，在我們的社會中，基本上對「老年」就有差別待遇。尤其，如果是「老女人」就更容易被視為弱者，甚至連她們自己也常把自己隱藏起來。

我希望能呈現出老年女性也可以隨心所欲行動的樣貌，因此在一開始就設定好主角人物了。

2. 對於殺手主題有特別做研究嗎？或是平時也對這類型的作品，如懸疑電影、推理小說等等很感興趣呢？以老年殺手為主題的靈感，是來自哪裡呢？

這本小說中的主角雖是個殺手，但整體來看，我並不想跟從懸疑或推理小說的模式。

我希望可以打破社會對老年女性的成見——沒有力量、不可能成為殺手。因此故事裡所有焦點都盡量切合這個主軸，而最終目的是探究爪角心中的後悔與憾恨。

這部小說第一次公開發表是在二〇一三年，在當時，以老女人殺手為主角的故事寥寥無幾。不過現在不管電影或小說，在各種作品中可以看到越來越多以老年女性為主角的故事，我希望日後能夠更多。

3. 故事一開場的地鐵場景令人印象深刻，臺灣也偶爾會出現這種狀況。您認為，臺韓老人與年輕人之間的問題會不會其實很類似，或者韓國有更不一樣的地方呢？

故事一開始在車廂內的場面，或許會被視為是老年人與年輕人之間的衝突，但實際上引起衝突的主體，在小說中也提到過，是「年紀並不怎麼大的人」，大概五十歲上下的壯年對年輕人挑起是非。

在那個場面中，我想表達的是中高年齡男性在日常中對年輕女性——更是肚子裡有新生命的年輕女性——的言語攻擊與暴力。

這或許是因世代差異存在的矛盾問題，但同時也是我們應該正視、並謹慎處理的性別衝突問題。

破果

4. 狗兒無用在書中扮演畫龍點睛的角色，也是最初就想到的情節嗎？為什麼呢？作者也有養寵物嗎？

要一個習慣孤獨的人向他人表達自己的情緒或心情是件很難的事，若要找一個可以傾訴的對象，可能只有寵物吧。不過我並沒有養寵物，所以老實說，要描寫無用一舉一動的各種細節的確有些困難。但在小說裡，無用所反映出來的是傾聽爪角感情的一種存在，想到這點，我就想，或許不需要將「寵物」的作用表達得太明顯，這樣反而是比較適切的處理方式。

5. 鬥牛對爪角所抱持的心情究竟是什麼呢？

這個不如就留給讀者自行揣測吧，或許會有各種不同的解釋，但這不就是讀小說的趣味之一嗎？

6. 最後，對於臺灣有怎樣的印象？想對初次閱讀您作品的臺灣讀者說什麼呢？

我曾與家人到過臺北一次。去過的觀光景點都印象深刻，但其中西門町一間市立醫院外牆上掛著彩虹旗（譯註：應該是臺北市立聯合醫院昆明防治中心，二〇一九年十月初掛的），那景象至今仍留在我的記憶中。

當時在西門町捷運站的地上也畫了大大的彩虹繪畫，那裡簡直成了某種觀光地標，人人都在那裡拍照。

隔著一段距離遠遠望去，我看到一棟掛著小小彩虹旗的建築物，而那棟建築物是「市立醫院」，這是讓我覺得格外重要及有意義的。

對之前受到異樣眼光而被迫害，或必須隱藏自己的人，在城市的公共場所能夠給予認可與支持，非常重要，我認為很值得效法。

這次是我的小說二度與臺灣的讀者見面（之前為《魔法麵包店》〔天培出版〕），這部小說的風格、主角、內容與前作品很不一樣，希望讀者可以多多支持。

最後，謝謝各位選擇了這本小說。

類型閱讀 043

破果
파과

作者　具竝模（구병모）
譯者　馮燕珠
社長　陳蕙慧
副總編輯　戴偉傑
副主編　林立文
電腦排版　極翔企業有限公司

讀書共和國集團社長　郭重興
發行人兼出版總監　曾大福
出版　木馬文化事業股份有限公司
發行　遠足文化事業股份有限公司
地址　231新北市新店區民權路108之4號8樓
電話　02-2218-1417　傳真　02-8667-1891
email: service@bookrep.com.tw
郵撥帳號　19588272 木馬文化事業股份有限公司
客服專線　0800221029
法律顧問　華洋國際專利商標事務所 蘇文生 律師
印刷　呈靖彩藝有限公司
初版　2020年5月
定價　新臺幣330元

ISBN　978-986-359-772-8

國家圖書館出版品預行編目(CIP)資料

破果 / 具竝模著；馮燕珠譯. -- 初版. --
新北市：木馬文化出版：遠足文化發行，
2020.04
　面；　公分. --（類型閱讀；43）
ISBN 978-986-359-772-8（平裝）

862.57　　109001767